무지개 너머 어딘가에
하늘은 푸르고 당신이 꾸는 꿈이
정말 이루어지는 곳이 있습니다.

비즈니스석으로 업그레이드 해주세요!

좌충우돌 항공사
직장생활 이야기

비즈니스석으로 업그레이드 해주세요!

좌충우돌 항공사 직장생활 이야기

 황병권 글

푸른영토

이 책은 약간은 에세이 같기도 하고 자기 계발서 같기도 한 애매한 포지션이지만 대한민국 국적 항공사에 취업하면서 경험하고 배운 지식을 바탕으로 작성해 나간 글임을 밝힌다.

돌이켜보면 항공사에 취업해 전 세계 다녀보지 못한 곳이 없을 정도로 많은 여행을 했다. 팔라우와 필리핀에서는 스쿠버다이빙을, 아일랜드 더블린으로의 여행은 기네스 맥주의 원조인 템플바 스트리트를, 런던 여행에서는 길거리 햄버거를 먹어가며 뮤지컬 맘마미아를 직관할 수 있었다.

타이 항공을 타고 칠순의 아버지와 방콕의 카오산로드를 거쳐 네팔의 카트만두, 포카라를 통해 안나푸르나를 14박 15일로 트레킹 할 수 있는 잊지 못할 여행의 기회를 누렸으며, 호주에서는 뒤늦은 배낭여행을 시도하여 시드니에서 골드코스트까지 그레이하운드로 달려가며 온 세상에서 모인 젊은 백 패커들과 맥주 한 병에 웃고 떠들며 밤을 새울 수 있었다.

사이판 괌은 몇 번을 갔었는지 기억 못 할 정도로 매년 가족 여행을 다닐 수 있었고, 동남아의 대다수 취항 도시와 일본의 여러 도시, 유럽, 중국과 인도를 아우르는 자유여행, 시애틀에서 캐나다 밴쿠버로의 자동차 여행을 통해 오랜만에 만났던 대학 시절 친구와의 술자리도 기억에 남아있다. 아들 덕분에 부모님께서도 스탠바이 티켓이긴 하지만 저렴한 비용으로 많은 여행을 즐기실 수 있었다. 그렇게 항공사를 취업하면서 가족 모두 많은 혜택을 누릴 수 있었다.

그리고 나는 항공사에 입사한 사실이 너무도 자랑스러워 일부러 우리 회사 로고가 새겨져 있는 트레이닝복을 입고 동네 골목을 돌아다녔고, 출근해서는 회사 배지를 가슴에서 떼어내 본 적이 없다.

하지만, 어느덧 중년을 훌쩍 넘어가고 있고 조선시대 선비였다면 이미 양질의 책을 수권은 써 내려갔으리라는 착각을 하며, 오랫동안 항공사에 근무하면서 얻은 경험과 지식을 책이라는 지면을 통해 기록하고 싶어졌다. 글을 써 내려가며 어디선가 읽은 문구가 떠올라 더욱 힘을 낼 수 있었음을 소회한다.

"책을 내는 것은 단지 자신을 위한 행위가 아니다. 지적 유산을 물려주는 소중한 봉사이다."

이 한 권의 책이 조종사를 꿈꾸는 이들에게는 막상 조종사가 된 후의 삶에 대한 궤적의 간접경험을, 해외 주재원을 꿈꾸는 신입사원에게는 희미한 등대가, 항공사에 취업하고 싶은 학생들에게는 소박한 가이드라인이 되길 소망해 본다.

또한, 기술한 모든 내용에 약간의 과장과 기억의 흐릿함에서 오는 불완전함이 있을지언정 단 하나의 거짓도 없음을 밝힌다. 그러나 전문 작가가 아니기에 분명 하고 싶었던 이야기와 지식들을 유려하게 펼쳐내지는 못했으리라.

그저 거친 펜 끝으로 흐릿해져 가는 기억의 한 켠을 꺼내써 내려갔으며 그럼에도 조금이나마 흥미롭게 읽은 독자분들이 있고 생생한 육성으로 못다 한 이야기를 들어보고 싶다면 언제든 맥주 한 잔, 커피 한 잔과 더불어 미천한 경험들을 나누어 드릴 수 있다. 은퇴 후에는 사회에 봉사하는 차원에서라도 기억의 편린들을 조금이나마 필요로 하는 취업 준비생이나 장차 항공업계에 뛰어들고 싶은 학생들에게 재능 기부를 하고 싶다는 꿈도 꾸고 있기 때문이다.

이 책이 나오기까지 격려해 준 존경하는 부모님과 장모님, 누구보다도 세상에서 제일 사랑하는 아내와 아들, 애정 하는 운항스케줄팀원들과 고마운 선후배님들, 그리고 내 인생에 딸은 없었기에 둘째 아들로 입양한 반려견 '로하'에게 감사의 말을 전한다.

2023년 3월
따스한 바람이 부는 봄날 저녁

차
례

CHAPTER 3 | 항공사 직장생활 Advice 16

CHAPTER 4 | 항덕이 되기 위한 잡다한 지식

APPENDIX | HAWAII, THE OTHER SIDE…

CHAPTER
1

어쩌다보니
항공사

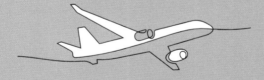

왜 하필 항공사니?

중학교 시절이었다. 각각 간호사와 용접기술자의 직업을 택해 독일로 이민을 간 고모와 고모부가 가끔 하나밖에 없는 아들을 데리고 한국에 들어올 때마다 손위 오빠였던 아버지는 나를 데리고 택시를 타고 김포국제공항으로 그분들을 마중 나가곤 했다.

지금도 기억에 생생하지만 김포국제공항으로 택시가 접어드는 순간 대한항공의 비행기 꼬리 자락이 건물 저 너머로 보였고 내가 비행기를 타는 것도 아니었지만 가슴이 뜨거워지는 설렘을 느낄 수 있었다. 나도 언젠간 저 비행기를 타고 낯선 곳으로 여행을 하고 싶다는 생각이 간절했다.

시간이 흘러 대학교 2학년 운전면허를 취득하자마자 친

한 친구를 집에 바래다주고 싶은 마음에 철없이 아버지에게 차를 빌려 달라고 억지를 쓰며 대들었고, 어머니가 30여 년간 운영해 오시던 문구점의 출입문 하단을 발로 걷어차 박살을 내며 늦은 가출을 하던 1991년 11월 어느 날 친구와 술 한잔하던 주점의 TV 속에는 SBS 개국을 알리고 있었고, 즉흥적으로 결정한 여행을 떠나 속초를 거쳐 부산에서 배를 타고 제주도에서 며칠간을 보낸 후 뒤늦은 죄책감을 품고 서울로 귀가하던 길에 비행기를 타 본 것이 첫 항공 경험이었다.

　　그 후 필리핀 항공을 타고 처음으로 국제선 비행과 기내식을 맛보았고, 보라카이로 가는 외항사의 국내선 비행기에서 좌석 하단에 위치해 있던 구명조끼를 훔쳐 나와 물놀이를 하던 배낭여행객의 무용담에 심취해 마닐라로 돌아오는 비행기에서 나 또한 절도를 시도하려다, 앞 좌석 정면에 '너 이거 가져가면 항공법 위반이고 즉시 경찰에 넘겨 버릴 거야. 다시 넣어둬!'라고 쓰여 있던 영어로 된 문구로 포기를 했었다.

　　그렇게 그냥 단순하게도 여행이 너무 좋았고, 해외에서의 삶이 부러웠고, 더 넓은 세상을 경험하고 싶었기에 항공사 취업이라는 막연한 꿈을 가지게 되었다.

　　지방에서의 대학시절을 자취, 술, 책, 나이트클럽, 영어연극 연출, 대학로에서의 서투른 버스킹으로 멋지게 보낸 후 취업을 준비해야 하는 4학년이 되었고 우연히 학과장에 떠돌던 취업

백서를 다소 진지하게 들여다보고 있었는데 지나가던 선배가 뒤통수를 때리며 말하는 것이 아닌가. "야 인마! 너 그중에 들어갈 수 있는 회사 하나도 없어. 어디 아는 사람 통해서 취업하던가 아니면 자그마한 중소기업이나 알아봐. 지방대 출신이 무슨 삼성전자, 현대자동차야? 말도 안 되는 생각 하지도 마!"

어느 정도 인지는 하고 있었지만 4학년이 되어 실제 눈앞에 놓인 현실은 충격적이었다. '맞아. 지방대 출신의 내가 무슨 대기업에 취직할 수 있겠어. 포기하자. 아니야. 포기하기 싫다. 맞다! 나 2대 독자라 군대 짧게 다녀왔지. 그러니 또래보다 2년의 시간이 더 빠르네. 오호. 편입하자! 학사 편입해서 서울에 있는 대학교를 다시 다니자!'

그렇게 학사편입을 준비하면서 해묵은 지방대 출신의 열등감도 지우고 좋아하는 영어도 더 심도 깊게 배울 수 있을 것이라는 믿음으로 그럴 바엔 차라리 대학원을 가라는 아버지의 조언을 무릅쓰고 서울 모 대학의 영어영문학과로 편입을 해버렸다.

다시 영문학과를 2년 더 다니다 보니 어차피 한번 배운 것도 있고 해서 무난하게 좋은 학점을 받을 수 있었고, 공부를 엄청 잘하는 시기와 질투의 대상인 서울에 있는 대학교 출신의 학생들이 생각보다는 그리 대단하지 않고 오히려 나보다 경험적 측면에서는 떨어진다는 것을 알면서 더욱 영어 공부에 매진할 수 있었다.

다시 취업시즌이 왔지만 대기업을 지원할 수 있다는 자격의 변동만이 발생했을 뿐 막상 무엇을 해야 하는지는 모르고 시간을 흘려보내던 그 시절, 하릴없이 매일 같이 술에 취해 늦잠을 자던 어느 날 어머니가 세차게 어깨를 흔들어 깨우시는 것이었다. 숙취로 인해 투정 섞인 목소리로 도대체 왜 나를 오전 10시라는 시간에 단잠에서 벗어나게 하시는 것인지 항의를 하다가 학교 조교의 전화가 기다리고 있다는 걸 알고는 수화기를 받아 들었다. "항공사 취업하고 싶다고 적어 내셨죠? 금호그룹 원서가 한 장 남았는데 늦어도 내일까지는 가져가세요. 아니면 다른 사람에게 넘기겠습니다."

그날 저녁 다시 동네 친구와 또 술을 마시다가 그 이야기를 꺼내자 친구가 "내일 그 원서 받으러 갈 거야?", "아니. 취업은 무슨 취업이야. 당분간은 이렇게 살고 싶어. 싫어 안가.", "야 이 미친 X야 이렇게 술이나 마시다가 인생 망칠 거야? 당장 정신 차리고 그만 마시고 집에 가서 발 닦고 자. 그리고 낼 꼭 원서 받으러 가!"

지금 돌이켜 보면 그 친구 내 인생의 은인이다.

운항스케줄러

　　〈사랑을 그대 품 안에〉에서 재벌 2세 백화점 이사 강풍호차인표는 백화점 여직원인 이진주신애라를 우연히 만나서 사랑에 빠진다. 그 신데렐라 스토리 덕분에 나는 롯데백화점 면접을 보았고, 롯데백화점과 금호그룹에 동시 합격 후 고민에 빠졌지만 '백화점 여직원을 만날 것이냐, 스튜어디스를 만날 것이냐. 그래 항공사가 더 멋있어 보인다. 해외여행도 가능하니까.'라는 생각으로 금호그룹에 입사를 하였다.

　　그 후 그룹 신입사원 연수 막바지에 어머니와의 통화에서 포스코에도 보결로 합격했다는 소식을 듣고 기뻐하였으나, 이내 어머니가 "아들아. 어쩔 수 없이 거기 못 간다고 했다. 너 이미 금호그룹에 공채로 합격해서 연수 받고 있다고 이야기했어." "어무니. 저한테 연락을 주셨어야 제가 회사를 바꿀지를 결정하죠." "연수원에 있는 너한테 연락을 할 방법이 있어야 하지. 그리고 이미 금호그룹에 합격했으면 거기서 충실해야지 여기저기 한눈팔면 안 돼!" "네…."

아. 이게 내 운명이구나. 난 어차피 항공사 직원이 될 운명이었다. 그렇지만 스티브 잡스가 2009년에 출시했던 아이폰 3GS를 좀 더 빨리 시장에 내놓았더라면 내 인생이 완전히 바뀌었을 텐데 라는 아쉬움은 남았다.

신입사원 연수가 마무리되어갈 때쯤 교육팀 모 과장님이 한 명 한 명 호명하며 부서 배치를 알려주는 시간이 왔다. 큰 기대를 가지고 내 차례를 기다리던 순간 "황병권 씨 운항승원부로 배치되었습니다." 순간 40여 명의 동기들이 내지르는 환호가 들렸다. "부럽다 녀석. 너 객실승무원 스케줄러로 가는구나."

당시 마침 김혜수, 채림이 주연으로 유행했던 드라마 〈짝〉이 유행했었다. '그 드라마에 간혹 얼굴을 비추던 스케줄 짜는 직원 그거구나. 좋아. 걱정 마라. 동기들아. 너희들 소개팅은 내가 다 책임지마!'

그런데 이상했다. 분명 캐빈승무원이 많을 것이라는 동기들의 말과는 달리 남자들만 넘쳐났다. 별로 친하지 않던 또 한 명의 동기와 함께 부서에 배치된 첫날 선배 대리 한 분의 첫마디는 이거였다. "여기 교대 근무하는 곳인지 알고 있지? 조종사 스케줄 짜는 부서이니 앞으로 열심히 해." '뭐야. 조종사 스케줄을 짠다고? 그걸 자기들이 알아서 나가는 게 아니고 서울에서 4년 제 대학물먹은 내가 짜야 한다고?'

정말 최악이었다. 이상한 골방에서 엉덩이에 쥐 나게 앉아 있던 선배님들은 큰 도화지에 뭔가를 그려 넣고 있고, 신입사원인 나에겐 거의 두 달 이상 복사와 허드렛일만 시키고 있었다. 그렇게 무엇인가 거창하고 해외 지점과 영어로 통화하며 멋진 일을 할 것이라는 예측은 보기 좋게 빗나갔고 빗발치는 조종사의 불만 전화에 "죄송합니다. 잘못된 스케줄은 최대한 빨리 바꾸어 드리겠습니다"를 반복할 수밖에 없었다.

날씨는 왜 철마다 이렇게 안 좋은지. 봄에는 안개, 여름엔 장마, 가을엔 태풍, 겨울엔 바람과 눈으로 인해 비행기가 자주 지연, 결항되었고 기종 변경 또한 많았다. 새벽에 일찍 일어나서 출근하는 것도 힘들었지만 화창한 주말에 혼자서 온갖 비정상 상황을 처리하며 화장실도 가지 못하고 식사도 제때 하지 못하는 것이 너무 화가 나서 직업 선택에 대한 나의 멍청함을 후회했고 포스코로 입사하지 못했던 내 운명을 두고 거의 매일 같이 짜증을 털어 냈었다.

그 시절, 참 다양한 에피소드도 많다. 멕시코 국적의 기장과의 전화 다툼에서 화가 난 그 기장이 시가를 손에 든 채 비를 맞으며 사무실을 찾아와 내게 영어로 소리 지르자 "나가서 한국 말 배워 와! 여긴 한국이야!"라며 신입사원으로서는 건방진 행동으로 주위를 놀라게 했으며, 9.11테러가 터졌을 때는 사무실에 설치된 거의 모든 전화기가 동시다발적으로 울려서 하루를 어찌 지냈는지 모르게 정신없이 보낸 적도 있고, 영업과 화물의 Extra임시편, 정기편 외 수익성 제고 등의 목적으로 운항하는 항공편, Charter전세편, 정기노선이 없는 지역에도 정부와 대상국가의 허가를 받고 들어가는 항공편 요청에는 운항승무원 부족 현상으로 인해 지원이 불가하여 죄송하다는 말을 입에 달고 살았다.

근무 특성상 새벽과 야간 근무가 365일 돌아가는 부서라 피곤한 상태에서 전화를 받아 가며 악기상 하에서 안전하게 항공편을 운항하기 위해 고경력 승무원으로 편조를 교체하였으며, 새벽에 눈을 떠서 잠이 덜 깬 상태에서도 제일 먼저 확인하는 건 언제나 창 너머의 날씨였다.

회사에서 무료로 '삐삐'를 나누어 줘서 신난다고 생각했더니, 회사 인근의 중국집 따봉관에서 짜장면을 면치기 하다가 옆구리의 진동을 느끼고 사무실로 다시 튀어 올라가기가 일상이었고, 급한 일을 마치고 돌아와서는 다 불어버린 면을 이미 식사를 마친 선배들 눈치 보며 입에 쑤셔 넣기도 했다.

특히, 싫었던 건 토요일 오후 출근이었다. 화창한 봄날이나 연말이 가까워지는 즈음에는 모두들 친구를 만나러 가거나 연인과 데이트를 했겠지만, 나는 조종사의 불만 전화를 받거나 점점 악화되어 가고 있는 전 세계 기상 및 비정상 상황과 고군분투하고 있었다. 결국 내 선택은 여자 친구를 나와 동일한 업무를 하는 사람으로 만들자는 거였다. 그리고 그 선택은 결과적으로 성공적이었다.

그나마 관숙비행이라는 건 적성에 맞았다. 운항 스케줄러에게는 해외출장과 여행을 겸할 수 있는 기회가 주어졌는데 거기에 더불어 조종석에 맘껏 들어갈 수 있는 Cockpit Auth라는 증명서는 우리 부서가 발급 주관이었다. 그것도 내가 직접 작성하고 발급하였고, 일반 승객과 동일하게 보딩 절차를 마친 후 그 분홍색 종이를 캐빈 매니저에게 보여주면 합법적으로 이착륙과 비행기 조종의 전 과정을 조종석의 뒷좌석에서 지켜볼 수 있는 기회가 주어졌다. 다만, 그 시절에는 조종석Cockpit 출입이 다소 용이했으나 9.11테러 이후에는 아주 엄격하게 관리되고 있다.

그렇게 1997년 하와이를 처음 관숙비행으로 출장 갔었으며, 그 당시에는 15년 후에 그 공항을 강아지 발에 땀나게 뛰어다니는 호놀룰루 공항서비스 지점장이 될지는 꿈에도 몰랐었다. 솔직히 말해서 IMF로 인한 경영 위기로 인해 하와이가 단항 될지도 모른다는 소문을 들었기에 평생 하와이에 한 번도 가보지 못할까 봐 그 노선을 택했었다.

왜 나는 이렇게 멋있는 직업을 대학시절엔 몰랐을까. 어차피 시력이 좋지 않아 운항승무원은 불가능했을 수도 있지만 대신 캐빈승무원이라는 직업도 있는데 말이다. 순진한 내 눈에는 해외에 가서 호텔에서 먹고 자고 월급도 주는 운항승무원, 캐빈승무원이라는 직업군이 정말 괜찮아 보였다.

'이 멋진 직업의 스케줄이나 짜는 나란 인간은 도대체 뭘 하고 있는 것일까?'라는 자괴감은 피할 수 없었지만 그냥저냥 일에 익숙해져 가면서 각종 비정상 상황을 처리해 나갔고, 주말과 심야를 막론하고 울리는 전화를 받으며 '내가 정말 항공사에 필요한 사람이구나'라는 자부심은 슬며시 올라오기 시작했다. 그 시절 신입사원으로서 혼자 새벽 야간 주말을 넘나드는 근무를 하며 판단력과 순발력, 집중력을 훈련할 수 있었다. 이 모든 자질이 결국 내 직장 생활의 토대가 되는 중요한 근간이 될 줄 당시에는 몰랐었지만.

그러나, 매번 연말에 개최되는 동기 모임에서 나라는 존재는 정말 바보 같았다. "이번에 여객에서 어디를 새로 취항하고 영업 이익을 얼마를 올렸잖아." "공항에서 PETCPet in cabin, 기내 반입 반려동물, 화물칸에 실리는 반려동물은 AVIH, Animal in hold라고 한다. 수속을 하면서 OOGOut of gauge, 대형 화물이나 대형 수하물 짐을 보내고, 손님이 요청하는 상황을 완벽하게 처리해 드렸지." "직원 채용 때문에 모교에 다녀왔는데 후배들이 항공사에 캐빈승무원 채용에 대해서 많이 물어 보더라고." "DDP사장님께서 LAX 출장을 다녀오시는데 내가 직접 MAAS(Meet And Assist, 의전) 했었어."

　도대체 무슨 소리인지. 같은 항공사에 다니는데 왜 알아듣지 못할 용어들과 이야기들만 하는 거지. 왜 동기들은 조종사 스케줄 이야기엔 관심이 없는 걸까. 나는 우물 안 개구리인가. '이제 지겹다. 그만하고 싶다. 더 넓은 세상으로 나가고 싶다.'

　기회가 오긴 왔다. 그런데 하필 운항부문 내에 있는 신규 팀이라니. 그것도 내가 별로 좋아하지 않던 분이 팀장으로 선임된 부서로. "싫어요. 저 안 갈래요. 그 팀으로는 전보 배치되고 싶지 않아요. 다른 사람 찾아보세요."

　절대 가고 싶지 않았지만 당시 운항의 인사를 담당하였던 기획팀장님의 마지막 일갈이 내 굳은 결심을 무너뜨렸다. "자넨 회사 생활 잘못 배웠구먼. 선배가 후배를 선택할 순 있어도 후배가 선배를 선택할 순 없네. 자네 그 팀 팀장이 맘에 안 들어서 전보를 거부하겠다면 차라리 회사를 그만두는 게 나을 거야. 자네 같은 친구는 조직에는 맞지 않아."

　무엇인가 머리를 망치로 치는 듯한 느낌이었다. 사실 백 번 맞는 말씀이었고 그동안 내 자신에 대한 근거 없는 과대평가에 대한 뼈저린 자각과 함께, 당시의 MZ 세대로서 자유분방하게 하고 싶은 말을 하고, 하고 싶은 대로 해야 한다는 어설픈 조직관에 커다란 변화를 준 순간이었다.

원치 않았던 신규팀

조직개편으로 인해 새롭게 만들어진 신규팀은 처음 겪는 일이 거의 대다수 인터라 시행착오를 겪으며 사무실 레이아웃부터 시작해서 각종 지침, 절차를 만들고 사내 인트라넷 시스템에 등재를 하는 등 초반에는 고생을 많이 했다. 그러나, 서서히 각종 업무들을 정리해 나가며 새로운 팀의 설립에 큰 역할을 한다는 기쁨도 있었고, 해외 벤치마킹 명목으로 호주 출장 등의 기회를 가지며 여행 영어가 아닌 비즈니스 영어도 맛볼 수 있었다는 점이 그 팀에서의 생활에 거부감을 줄여줄 수 있었다.

그 시절, 운항승무원의 ICAOInternational Civil Aviation Organization, 국제민간항공기구 영어 자격시험 도입 관련 해외 여러 곳을 출장 다니기도 했지만, 이제서야 보통의 직장인들처럼 오전 8

시 출근 오후 5시 퇴근이라는 일반적인 근무 형태로 인해 휴가도 마음껏 쓰고 가족들과 시간을 충실히 보낼 수도 있었으며, 스쿠버 다이빙에 입문하여 스포츠에도 눈을 뜨게 된 시기이기도 했다.

사내에서 모집하는 서강대 MBA 과정에 선발이 되어 6개월간 교육을 받고 회사에 복귀하자 인사팀에서 연락이 왔다. "황병권 과장님, 운항부문에서 거의 10년을 있었으니 새로운 부서로 전출을 가는 건 어떨까요? 마침 인재개발팀에 자리가 하나 비었습니다." "당연히 좋습니다. 제 적성에도 맞을 것 같아요. 당장 전보 발령을 내주세요." 하지만 며칠이 지나도 감감무소식이었다. 발령이 왜 나지 않을까 하고 궁금해하던 차에 연락이 왔다. "인재개발팀으로 품의를 진행 중에 운항본부 경력이 필요한 노사협력팀 발령으로 재검토 되고 있습니다."

무엇보다 항공사의 새로운 영역을 배워보고 싶었고 2005년도 조종사노조 파업 직후 혼란스러운 노무 관련 업무의 세계로는 들어가고 싶지 않았다. 관심이 없는 영역이기도 하거니와 항공사 고유의 업무와는 거리가 먼 분야였기 때문이었다.

목에 칼이 들어와도 그 부서로는 가지 않겠다고 고집을 피웠고 그렇게 1년여를 보내며 더 이상 원하는 부서로의 전출은 접고 워라밸이 인생의 전부라는 생각으로 가족들과 여행과 캠핑 등 개인적으로는 행복한 시간을 보내고 있던 중, 갑자기 울린 전화 한 통에서 인생이 다시 술렁이기 시작했다.

"여기 HR 상무님 비서실인데요. 지금 집무실로 들어오라고 하십니다." "저 황병권 과장인데요. 저를 HR 상무님께서 찾으실 일이 없으세요. 다른 부서의 XX 과장 아닐까요?" "아뇨. 맞으니까 빨리 들어오세요!"

느낌이 왔다. 전화를 끊고 바로 아내에게 전화를 걸었다. "나 아무래도 노사협력팀으로 끌려갈 것 같아. 노조 관련 업무를 하려면 술도 많이 마시고 야근도 많이 할 텐데 당신에게 미리 허락을 구하는 게 맞을 것 같아서." "HR 상무님께서 이야기하실 정도면 이제 그만하고 거기 가서 또 열심 해야지. 어떻게 하겠어."

그랬다. 늘 어려운 결정의 시간에는 아내의 판단이 옳다는 것을 경험적으로 체득하고 있었기에 바로 고개가 끄덕여졌다.

집무실에서 마주친 HR 상무님께서 하신 말씀을 아직도 기억한다. "황병권 과장. 이제 그만 고집부리지." 여기에서 내가 아주 멋지게 "아닙니다! 이미 실무자를 통해 수차례 전달 드렸듯이, 제 목이 칼이 들어와도 노사협력팀으로 전보는 가지 않겠습니다"를 기대했다면 죄송하다. 나의 즉답은 바로 이거였다. "네! 충성! 잘 알겠습니다. 열심히 하겠습니다!"

어려운 자리로 가는 만큼 보상은 해주겠다는 말씀만 기억에 남고 그날 내 맘이 변할까 봐 단독 발령을 지시하셔서 그렇게 어둠의 세계로 가게 되었다.

노무, 그 어둠의 세계

첫 느낌은 살벌해 보였다. 연배가 지긋해 보이시는 팀장님은 연실 누군가와 통화를 하고 계셨고 팀원들은 어제 노조와의 전투에서 살아남았음을 알려주는 술 냄새를 풍기며 약간은 거친듯한 말투를 구사하고 있었다. 대다수가 남직원인 칙칙한 사무실 분위기. 이런 갬성이 노무였다.

정말 적응이 어려웠다. 법적인 용어부터 해서 경찰, 검찰, 고용노동부, 노동위원회 등 관심도 없었고 평생 들어 본적도 없는 기관의 이름부터 해서 법률적 지식은 물론, 인사팀에서 제공해 주는 각종 숫자로 가득한 자료들이 초반에 두려움을 주기에 충분했다.

전임자였던 선배는 기나긴 조종사 파업을 거친 후 그간

의 공로를 인정받고 타 부서로의 전출을 기다리고 있었고 나는 그 선배의 업무를 단시간 내에 인계받아 파업 직후의 어수선한 분위기에서 즉시 실무에 투입되어야만 했다.

아직은 서툴렀던 그 시절 내가 맨 처음 떠올린 건 스케줄러를 하면서 친해진 조종사들에게 전화를 돌리는 일이었다. 어두운 회의실에서 몰래 휴대폰으로 전화를 돌렸을 때 그분들은 처음에는 반가워했으나 노조 관련 언급이 나오면 이내 "무슨 목적으로 전화를 한 거냐, 노조원이라고 감시하려고 하는 것이냐" 등 내가 기대했던 그런 반응이 나오질 않아 이내 의기소침해져만 갔다. 그와 더불어 전임 선배의 발령 후, 그나마 운항 노무 경험을 가지고 팀에서 가장 똑똑해 보이며 큰 도움이 되었던 후배마저 이내 타 부문으로 전보 발령이 나 버렸다. 이제 회사에서 조종사노조 관련 업무를 담당하는 사람은 유일하게 나 혼자만이 남은 상황이었다. 두려웠지만 살기 위해 노동법 책을 사서 읽고 공부를 하며 조금씩 적응해 나갔다.

그 당시 술을 엄청나게 많이 마셨는데 조간신문과 함께 귀가하는 날이 잦았고, 노조원과 술자리를 함께하는 날이면 가슴에 MP3 녹음기를 가지고 다녔다. 매번 술자리 후 그들에게서 들은 내용을 기억하지 못하고 다음날 출근해서 팀장님의 질문에 답변을 똑바로 하지 못하던 상황이 계속되자 아예 녹음기를 가슴에 품고 술자리를 시작한 것이다.

그런데 문제는 녹음기에 술집의 온갖 잡음까지도 다 녹음이 되어 말소리가 잘 들리지 않았고, 더불어 4-5시간의 술자리 전부가 녹음되기에 정작 중요한 내용은 찾기가 어려웠다. 그래서 생각해 낸 아이디어가 메모였다.

늘 중요한 정보란, 그래 봤자 상집대의원회의에서 누구랑 누구랑 무슨 일이 있었다는 식의 가십성이었지만 술이 거하게 취해갈 즘 나오기에 그 시점에 잘 듣고는 취한 상태에서 후다닥 화장실로 달려가 잊어버리기 전에 그 내용을 메모하는 방식이었다. 이 또한 문제가 있었는데 화장실을 너무 단시간 내에 자주 가야 하는 상황이 연출되었다. 하지만 그렇게 수차례 하다 보니 점점 취해도 중요한 부분은 잊지 않고 다음날 생각해 내서 간단한 보고서 작성은 할 수 있는 베테랑 노무담당자가 되어가고 있었다.

되돌아보니 화려했다. 전보 첫해에 보상 차원으로 차장으로 진급을 했고, 정무적인 감각이 필요한 새로운 업무적 경험을 하다 보니 처음엔 '이런 세상도 존재하는구나' 하는 두려운 맘도 있었지만 점차 분위기에 젖어 들면서 거부하던 마음도 누그러 들어갔다. 특히, 당시 사장님께서는 전 회사에서 노무 경력을 갖고 계신 분으로서 매번 '노무 담당자는 체력을 길러야 한다. 그러니 운동을 많이 하고 잘 먹어야 한다'라는 철학을 실천해 주신 분이라 그분을 따라 청계산부터 지리산, 한라산에 이르기까지 전국 명산을 타면서 또 다른 삶의 즐거움을 느낄 수 있었다.

그러다가 인생에 또 하나의 크나큰 전환점을 맞이하게 된다. 새로운 팀장님의 업무 처리 방식도, 팀 분위기도 좋았고 파트장에도 선임이 되었지만 맘속 깊은 곳에서는 '이 어둠의 세상에서 벗어나고 싶다. 항공사에 들어왔으니 그에 걸맞은 일을 하고 싶어'라는 외침이 들려왔다.

운항본부에서 일찌감치 전보가 되어 타 본부에 둥지를 튼 후배의 전화 한 통이 시작점이 되었다. 그는 당시 미국의 모 지점으로 발령이 나 있는 상황이었다. 용건을 마치고 전화를 끊으려고 하던 차에 그 친구가 하는 말이 내 폐부를 찔러왔다. "선배는 아직도 조종사 관련 업무를 하고 있어요? 평생 그 일만 하다가 직장 생활 끝내려고 하시나 보네요."

퇴근 후 아내 앞에서 말은 못 했지만 옥상에 올라가 울었다. 토익 점수는 900대 초반을 유지하고 있었고, 사내 영어 정1급에 단 한 번의 진급도 누락되어 본 적이 없었고, 경영층과 독대도 하며 회사의 중요한 업무를 수행하는 직원이라는 자부심을 가지고 있었다. 그럼에도 불구하고 항공사 직원으로서 단 한 번도 해외 경험을 해보지 못한 상태였고, 동기들은 앞다투어 주재 발령을 받고 있음에도 나는 절대로 해외 주재원의 길은 걷지 못할 것이라는 경력적 한계를 절감하고 있었는데, 그 후배가 아픈 부분을 인정사정 없이 찔러버렸던 것이다.

✈

그날 저녁 맘속으로 해외 주재의 기회를 잡고자 다짐했고, '다음날 출근하자마자 팀장님께 전보를 요청드려야지'라는 생각에 밤 잠까지 뒤척였다.

당시 팀장님의 반응은 공감과 동조였지만 그분은 일찍이 일본 주재원을 다녀와서 경영지원팀장을 거쳐 노사협력팀장을 보임 받으셨던 터라 사실적인 조언을 해주셨던 것으로 기억한다. "해외 주재원으로 나가보고 싶은 마음은 충분히 이해하네. 그러나, 벌써 차장 직급이고 나이도 들었어. 이미 자리 잡고 있는 직원들 속에서 자네가 해외 주재원의 기회를 잡기는 쉽지 않을 수 있네. 노사협력팀에 남아 있으면 최대한 차기 팀장 자리에 천거될 수 있도록 해보겠네."

경험에서 우러나오는 말씀을 전해 주셨고, 아직은 젊은 나이에 팀장이 될 수 있다는 기대감도 생겼지만 속마음은 이미 저 멀리 인천국제공항 서비스 지점에서 수속을 하는 꿈을 꾸고 있었다. "힘들 거라는 걸 잘 알고 있지만 가고 싶어요. 더 늦어서는 항공사에 취업한 꿈을 이룰 수 없을 것 같습니다. 인천국제공항 서비스 지점으로 가서 바닥부터 차근차근 배워서 약 3년 정도 후에는 자그마한 동남아 지점이라도 지점장으로 나가보고 싶어요. 그래서 아들 녀석 국제 학교라도 다니게 하고 싶습니다."

고집을 썼으나, 팀장님은 다른 기회를 보자 하시면서 시애틀 공항 서비스 지점장과 미주지역본부 관리담당으로 천거를 해주셨고, 그 시도는 현장 경험이 일천하다는 이유로 실패하였다. 결국 내 의지대로 땀내 나는 현장인 인천국제공항 서비스 지점으로 전보 발령이 나게 되었다.

땀냄새 나는 현장, 인천국제공항

"근데 왜 본사에서 현장으로 발령이 난 거야. 방출되는 거야? 거긴 한번 전보를 가면 나오기 힘든데. 해외 나가기도 생각보다 쉽지 않을 텐데." 조언을 가장한 갖가지 악담들과 안쓰럽게 쳐다보는 눈빛을 뒤로하고 일산에서 인천국제공항으로 가는 3300번 버스에 몸을 실었다.

외항사 지원팀은 다소 외인부대 같은 느낌이 들었으나, 간절히 원해서 전보 발령을 받았기에 차근차근 수속부터 시작해서 공항의 모든 업무를 섭렵하고 해외 주재원을 나가리라 다시 한번 다짐했다.

또 다른 새로운 영역이라 용어조차도 알아들을 수 없었지만 얼마간 외운 시스템 엔트리를 익혀 미친 듯이 수속을 했다.

한차례 손님들이 빠져나간 후 후배들이 옆에서 잠시 쉬고 싶은 기색을 보이면 난 오른팔을 번쩍 들고는 "손님 이쪽이요!"라고 외치며 그들을 불편하게 했고, "괜찮아~ 나 배우러 왔으니깐 내가 줄 뺄게 너희들은 쉬어. 진심이야"라고 말해도 믿어주지 않았다. 지성이면 감천이랄까. 차장이라는 직급으로 수속 카운터에서 땀을 흘리고 친근하게 이것저것 물어봐서인지 점점 동료들의 마음이 돌아서기 시작했다.

수속은 잠시 하다가 다시 관리 모드로 변할 줄 알았던 본사 출신 차장이 지속적으로 대기 라인을 빼고 열심히 주어진 일을 하는 것을 보고는 여기저기서 도움을 주기 시작했고, 거리가 먼 인천국제공항으로의 출퇴근은 힘들고 몸은 피곤했지만 알아듣기도 힘들었던 공항 용어들에 익숙해지면서 다이내믹한 공항 업무에 재미가 들리기 시작했다.

외항사의 FDM^{Flight Deputy Manager}으로 매니저 역할에도 젖어들 때쯤 원치 않는 기회가 찾아왔다. 내달부터 직원들의 스케줄을 짜는 스케줄러를 하라는 지침이었다. "전 공항에 업무를 배우러 왔지, 직원들 스케줄을 짜고 싶어 어렵게 전출된 것이 아닙니다. 부디 재고해 주시기 바랍니다." "고참 직원들은 서로 쉬운 부대 업무를 가져가고, 스케줄이 형평성이 있게 배분되지 않는다는 불만이 돌고 있습니다. 황 차장이 스케줄 작성 경력이 있으니 꼭 맡아 주시기 바랍니다."

파트장님의 고집도 만만치 않았다. 결국 난 그 요청을 수락하고 대신 조건을 걸었다. "스케줄 짜는 일을 다시는 하고 싶지 않았지만 강력하게 말씀하시니 하겠습니다. 다만, 제가 스케줄 관련해서 개선 사항을 하나 진행해서 성공하면 다시 현장 업무를 할 수 있게 해주세요."

사실 나름 복안이 있었다. 그 당시 직원들의 근무 환경은 상상을 초월할 정도로 엉망이었다. 외항사 지원팀은 주로 한국에 취항하는 여러 외국 항공사의 수속과 지상 조업을 담당하는 역할이었는데 외항사들의 증편, 감편, 신규 취항 등이 수시로 변경되면서 정작 직원 스케줄은 1~2일 앞을 내다볼 수가 없었고, 그에 따라 스케줄러가 익일 스케줄을 근무 전일 오후에 공시하는 경우도 태반이었다.

문제는 엑셀로 스케줄을 짜서 A4 용지로 출력을 한 다음 공용 책상 위에 놓아두면 직원들이 출퇴근 시 또는 휴식시간에 틈틈이 책상에 들려 본인의 익일 스케줄을 확인하고 복사해 가는 것이었는데, 휴무나 휴가 중인 직원들은 어쩔 수 없이 전화로 본인의 스케줄을 확인하고 있어 스케줄러는 물론 직원들의 불만이 가중되고 있었다.

업무를 배우는 것과 동시에 본사의 친한 후배에게 전화를 걸어 사정을 설명 후 시스템적으로 해결할 수 있는 방법에 대해 조언을 구하자, 역시나 IT적으로는 거의 맥가이버 수준인 그 후배는 해결책을 마련해 주었다.

최초 제시된 아이디어는 회사 공용 컴퓨터에 무료 원격 제어 앱을 설치하고 직원들 각자의 스마트폰에 앱을 설치하여 스케줄을 컴퓨터에 넣어두면 한 명씩 돌아가면서 본인의 스케줄을 열람할 수 있는 방법이었다. 그러나, 이 방식은 동시에 한 명 이상 접속할 수 없다는 단점을 가지고 있었고 시스템 불안정으로 연결이 끊기기도 해 불편함이 있었다. 두 번째로 개선된 방식은 Google Docs를 통해 스케줄을 공시하고 그 접속 주소를 공유하면 누구든지 동시에 본인의 스케줄 엑셀 파일을 열람할 수 있는 방식이었다.

어찌 보면 별것 아닌 아이디어가 직원들의 인기를 끌었고, 곧 인천국제공항 서비스 지점 전체로 소문이 퍼져나가면서 일부 파트에서는 벤치마킹이 이루어졌으며, 스케줄 공시 편의성 개선을 핑계로 무사히 스케줄 업무에서 빠져나와 현장으로 복귀할 수 있었다.

육체적으로는 힘든 현장으로 복귀한 지 얼마 되지 않아 공항의 모 팀장님과 모 파트장님 두 분이 거의 동시에 면담을 요청했다. 본사에서 차장까지 진급하고 왔으니 기획업무를 잘 알 것이라 판단되어 서비스 지원파트이하 서지파. 공항의 인사, 지원, 총무, 교육, 발권 등 주로 지원 업무 역할을 하는 파트로 오라는 제의와, 수속을 배우고 싶어 한다는 소문을 들은 탑승수속 파트에서의 스카우트 제의였다.

고심 끝에 서지파로의 전출을 요청 후, 시설과 안전/보안 담당을 하며 또 다른 시각에서 공항 업무를 배워나갔다. AOCAirline Operations Committee라는 항공사 위원회가 있다는 것과 공항의 라운지, 조업 시설 등에 대한 공부를 하기도 했고, 대관 업무와 서울지방항공청의 수검 등을 처리하면서 바빴지만 재미있었고 시간 가는 줄 몰랐다. 그러나 늘 맘 한편엔 당사의 수속 시스템인 DCSDeparture Control System를 배우고 싶다는 맘이 간절했다.

아침 시간 공항이 붐비는 시간대에 서지파 직원들이 탑승수속 파트를 도와 빈 카운터를 채워 수속을 지원할 때, 시스템을 다룰 줄 모르는 나는 어쩔 수 없이 수하물 벨트를 오가며 밀려드는 가방들을 이리저리 치우고 밀어내는 보조적인 역할만 수행해야 했다.

서지파로 발령이 난지 얼마 되지도 않은 데다가 해외 주재원 발령이라는 것이 생각보다는 정말 쉽지 않은 기회라는 것을 차츰 실제 몸으로 느끼고 있던 즈음, 생각보다 기회가 빨리 찾아왔다. 복항이 결정된 하와이의 공항 지점장 발령 인선에 내 이름이 거론된다는 소문을 들은 지 며칠 지나지도 않아 인사팀에서 연락을 받았다. "뭐라고? 한 시간 뒤에 호놀룰루 공항서비스 지점장으로 발령이 게시된다고? 정말 해외 지점장으로 나가라는 거야?"

　　그 직원이 말은 거짓이 아니었다. 길지 않은 직장 생활 동안 2번이나 단독 발령을 받는 희한한 경험 속에 한 후배가 가문의 영광이라며 '호놀룰루 공항서비스 지점장'이라는 글자가 박힌 인사발령서를 프린트하여 선물로 내밀었다.

CHAPTER
2

좌충우돌
하와이 지점

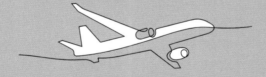

니가 가라 하와이

이제부턴 정말 정신없는 이야기다. 내 직장 생활, 아니 인생 최고의 순간이기도 하고 최악의 순간이기도 했던 그 시간들이 눈앞에 펼쳐지고 있었다.

집에 어떻게 들어왔는지도 기억이 나지 않는다. 다만, 한 가지 기억할 수 있는 건 호놀룰루로 향하는 비행기에 몸을 싣고 떠나야 하는 시간이 채 일주일도 남지 않았다는 점이었다. 그리고 그날 밤이 가족들과 함께 편안히 저녁을 먹을 수 있는 마지막 기회였다.

미리 전화로 언질을 들은 아내는 된장찌개와 함께 소박한 저녁상을 차려놓고 상기된 얼굴로 나를 기다리고 있었다. 초등학교 고학년인 아들 녀석도 얼핏 엄마에게서 들었는지 다소 의아한 얼굴로 나를 쳐다보고 있었다. 밥이 입으로 들어가는지 코로 들어가는지도 알 수 없었지만 난 담담한 목소리로 아들 녀석에게 당부를 잊지 않았다.

"아들. 잘 들어라. 아빠가 갑자기 미국 하와이 지점장으로 발령이 나게 되었어. 약 일주일 후면 비행기를 타고 가야 하는데 그전에 회사 동료들과 회식이 거의 매일 있을 거야. 그러니 우리 세 식구가 평온하게 저녁을 먹을 수 있는 날은 떠나기 전에는 오늘이 마지막 일 거야. 한 가지만 당부할게. 아빠가 출발하고 넌 엄마와 한국에서의 삶을 정리하고 두세 달 후 출국할 건데 그동안 엄마가 엄청 바쁠 거야. 그러니 말썽 부리면 안 되고 엄마는 여자니까 남자인 네가 엄마를 많이 도와드려야 하고 지켜줘야 해. 미국에서 4년 살 수 있으니깐 이제 영어도 많이 배울 수 있고 외국 친구들도 사귈 수 있어. 미국 영주권을 딸 수 있는 좋은 기회이고. 너에게 신세계가 열리는 거야."

거의 나 혼자 마구 떠들어댔지만 아들 녀석은 어린 나이에 초등학교도 졸업하지 않고 갑자기 거주지를 미국으로 옮긴다는 심각성과 미래의 자기 모습이 어떻게 변해 있을지 감도 잡히지 않았을 것이다. 그저 맞벌이를 하다가 어린 아들을 키우기 위해 과감히 직장을 그만둔 엄마와 함께 점차 초등학교의 합창단과 농구부에서 친한 친구들이 늘어만 가고 있는 현실에 커다란 변화가 있을 것이라는 막연한 느낌만 있었을 뿐. 그리고 난 아들 녀석의 막연한 두려움을 이해하지 못하고 있었다.

정말 순식간에 지나가 버렸다. 마침 휴일인 부처님오신 날까지 껴 있어서 떠나기 전까지 OJT를 받을 수 있는 날은 약 5일 정도에 불과했다.

통상적인 주재원의 교육 기간은 3-4주인데 그 교육과정에는 업무 외에도 해외에서의 생활 관련된 내용도 있고, 더 나아가 같이 지점장을 발령받은 동료들끼리 이야기를 나누며 서로가 가지고 있는 각종 노하우를 교환할 수 있는 좋은 기회이기도 하다. 그러나 신규 지점 설립이라는 특성으로 인하여 다시 또 단독 발령을 받게 되었고, 긴급하게 서지파의 교육 담당이 교육계획을 짜서 준 스케줄표에는 알기 힘든 과정들이 쉴 틈 없이 적혀 있었다.

특히 호놀룰루 공항서비스 지점은 1997년도에 단항을 한 이후 2015년에 복항을 하게 되면서 영업, 공항의 통합 지점은 이미 설립이 되어 있었지만 좀 더 전문적인 서비스 제공을 위해 공항 지점이 분리되어 신규 설립이 되는 터라, 수속, 수하물, Seat Control, W&B Weight & Balance, 탑재 관리, SQM Service Quality Management, 비정상 상황 처리 절차 교육 등의 기본적 사항은 물론이거니와 온라인 수속 준비, 수속 카운터 이전, 공항 사무실 계약에 따른 집기 설치, 각종 장비 설치, 조업사 계약 및 교육, 기타 대관 관련 업무 처리 등을 단 한두 시간 내에 담당자 설명으로 인계받게 되었다.

Seat Control 교육을 가르치던 과장님으로부터 수속을 알려주는 대리님까지 "도대체 이렇게 아무것도 모르고 어떻게 신규 지점을 설립할 수 있겠어요? 매일 취항까지는 단 1개월 10일 정도가 남아 있는데 가능하겠어요? 심도 있게 배우지 못하고 가시니 일단 현지에 도착해서 모르는 부분은 물어보세요"라는 말을 듣고는 내가 과연 할 수 있을까라는 두려움만 커져갔다.

그랬다. 통상 신규 지점은 공항 업무를 수년간 해본 베테랑 직원으로 발령을 내는 경우가 많았지만 어쩐 일인지 공항 업무에 초보인 나에게 기회가 온 것이었다. 더군다나 당시에는 W&B를 해외 각 공항 지점에서 직접 작성해야 하는데 그 자격을 갖고 있는 조업 직원이 없다며 지점장인 내가 자격을 취득해서 나가야 하는 상황까지 심리적 부담감을 더했다.

하루가 10년 같은 교육을 수강하고, 알아듣지도 못하는 용어와 업무처리 절차들이 난무한 가운데 쉬는 시간이면 여기저기로 전화를 돌렸다. 해외 지점장으로 발령을 받으면 통상적으로 팀이나 가까운 지인들에게는 술 한잔 사야 하는 불문율이 있었고, 본사의 선후배님들과 인사드려야 할 친척, 친지, 친구들이 한 둘이 아니었다. 매일 같이 술에 취해 집에 들어갔고, 그동안 아내는 이민 가방을 급히 구입하여 그 속을 즉석밥과 김치, 옷가지들로 채워나갔다.

노르망디 상륙작전

문득 이런 생각이 들었다. '발령을 포기하면 안 되나? 이건 불가능해. 해외 주재를 나가는 건 좋은 일이지만 너무 급작스럽고 난 수속 시스템을 다룰 줄도 모르고, 현장 경험이 너무 없어. 더군다나 약 한 달 전엔 목 디스크로 시술까지 받아서 몸 상태도 최악이라고. 병원도 계속 다녀야 하는 상황이고 우리 가족들도 너무 준비가 되어 있지 않아.'

그래서 강의 중 틈을 내 인사팀 담당 직원에게 전화를 걸었다. "나 아무래도 힘들 것 같아. 발령을 포기하고 다른 사람이 나가게 할 수 있어? 몸도 안 좋고 교육과정은 알아들을 수도 없어." "포기할 순 있어. 그러나 그렇게 되면 앞으론 영원히 기회가 오지 않을 수도 있어. 그걸 바라는 거야? 만약 진심으로 바라면 내가 이야기해 줄게. 하지만 개인적으로는 추천하고 싶지 않은 방법이야."

　미칠 것 같았고 여전히 시간은 흘러갔다. 존경하는 사장님께 발령 인사를 드리는 자리에서 들은 말씀은 더욱더 부담감을 가중시켰다. "하와이 노선은 IMF로 인해 1997년 단항 후 복항에 이르기까지 참으로 어려움이 많았네. 전통적으로 경쟁사가 독점하고 있는 노선에 공격적으로 취항을 결정하였으니 잘해주길 바라네. 자넬 믿네."

　2012년 5월 31일, 인천발 호놀룰루행 항공편 티켓을 들고 일산의 아파트 앞에서 아버지, 어머니와 아들 녀석의 눈물 어린 배웅을 받았다. 아내는 차의 운전석에 앉아 긴장한 표정을 짓고 있었으며, 차 뒷좌석과 트렁크엔 이민 가방 두 개와 소형 가방한 개, 배낭 한 개가 놓여 있었다.

　허울만 해외 지점장 교육과정이라는 며칠간의 사내 강사 얼굴 익히기 과정을 마치고 머릿속은 텅 비어 있는 상태에서 공항 업무 관련 매뉴얼을 모두 프린트해서 배낭 깊숙이 찔러 두었다. 여기저기 프린트물과 개인 용품을 터지도록 쑤셔 넣은 가방을 메고 추적추적 비가 오는 저녁에 평생 처음으로 비즈니스석 창가 자리에 앉았다.

　이제 주사위는 던져졌다. 내가 탄 A330-300 항공기의 비즈니스석은 총 5개 열로 그 당시 두 번째 열 2A 창가석을 배정받았는데 나름 신규 지점장에 대한 예우 차원에서 가장 편해 보이는 좌석을 배정해 준 것 같았다. 비즈니스석에 앉아 비행시간 7시간 가까이 모든 매뉴얼을 읽어나갔다. 시장이 반찬이라는 말이 있듯이 절박함이 매뉴얼을 이해하는데 많은 도움이 되었던 것 같다.

도착 후 수하물 컨베이어 벨트Carousel에서 가방을 찾아 공항을 빠져나오면서 현지 직원을 찾았다. 지점에 필요한 여러 회사 표지판Signage과 각종 필요 비품들을 전달하기 위해서라도 반드시 그를 만나야 했다. 한참을 기다리고 여기저기 물어본 끝에 몇 번의 전화를 통해 목소리가 익숙한 그 직원을 만났으나, 그는 마치 전쟁터에서 잔뼈가 굵은 고참 상사처럼 "그 사이니지요. 여기서 주시면 세관 통과 시 문제가 되니 일단 나가셔서 주시면 됩니다. 이리로 오세요."

다행이다. 한국말을 나보다 잘한다. 슬쩍 영어에 대한 두려움도 있었는데 너무 고마웠다. 물건을 건네고 은근 신규 지점장에 대한 예의로 사무실까지 의전을 기대했건만 "저 지금 불만 손님이 있어서 다시 들어가 봐야 하니 이렇게 가고, 저렇게 해서 가다 보면 사무실 나와요. 잘 찾아가실 수 있으시죠?" "고마워요. 비행기 정리 다 되고 봐요~"

사무실까지는 거의 20여 분이 걸렸다. 이후 호놀룰루 국제공항이 내 집처럼 느껴질 때의 구간 속도는 5분 정도였으니 얼마나 헤맸는지 알 것이다.

〈라이언 일병 구하기〉의 첫 전투 장면 같은 노르망디 상륙작전의 입국장을 벗어나 어렵사리 도착한 사무실은 정리가 전혀 되지 않았고, 어지럽게 낯익은 회사 마크가 새겨져 있는 물품 몇 덩어리들만이 덩그러니 놓여 있을 뿐 책상과 파티션도 제대로 설치되어 있지 않았다.

호놀룰루 공항 서비스 지점

　　우리 회사의 호놀룰루 지점은 1993년 B767로 취항을 하
며 몇 년간 주 3~4회 운항을 하던 중 IMF로 인해 회사 사정이 어
려워지자 불가피하게 단항을 결정하였으며, 그 후 수많은 복항
노력에도 불구하고 경쟁사의 기재 경쟁력과 상용 고객의 충성
도로 인하여 복항 시점이 많이 늦추어졌으며, 하와이안항공의
신규 취항도 이루어진 지 얼마 되지 않아 경쟁이 치열한 노선이
었다. 따라서 복항이라기보다는 거의 신규 취항에 가까운 노선
으로 그 당시 신규로 도입한 최신 항공기인 A330-300의 투입을
결정하였고, 그중에서도 장거리 노선 운항이 가능하고 2Meal 서
비스가 가능한 4대의 항공기가 번갈아 가며 투입되고 있었다.

　　문제는 1997년 당시 너무 급박하게 단항을 결정했던 터

라, 오랫동안 경쟁사를 떠나 당사를 이용해 왔던 교민들에게 자세한 설명도 없이 지점을 정리하고 더 이상 운항을 하지 않았기에 현지에서 우리 회사의 이미지는 바닥을 치고 있었다.

긴급한 단항 결정은 현지 교민들의 불신을 가져왔고, 오랫동안 쌓아왔던 마일리지를 송두리째 잃어버릴 수도 있다는 불안감으로 우리 회사에 대한 불만과 불신은 15년이 지난 후에도 여전히 회자될 정도로 크게 잔존해 있었다. 그 점이 당사의 판로 자체가 현지 판매가 아닌 한국에서의 판매에 거의 의존할 수밖에 없는 상황을 가중시켰으며, 현지 교민의 인식을 깨는 것은 직접 응대를 하여 서비스를 제공하는 공항 서비스 지점장인 나의 몫이었다. 또한, 그 부분에 대해서는 한국을 떠나기 전 사장님께 당부를 받은 바도 있었기에 더욱 어깨가 무거웠다.

미국이라는 생소한 땅에 도착 후 매일 운항까지 나에게 주어진 시간은 1개월 10일 밖에 남지 않았다. 그 짧은 시간 동안 이 낯선 사무실에 책상, 전화, 인터넷 연결부터 해서 각종 사무장비 설치 및 공항서비스에 필요한 보딩 패스 등의 물품을 정리해 둘 창고를 구축하였으며, 수속과 수하물 서비스, 지상 조업, 급유, 운항관리, 정비 및 기내식을 담당할 조업사 선정과 교육은 물론 미진한 계약까지 신경 써야 했다. 다소 오래된 외항사의 시스템으로 오프라인 수속을 대행해 주던 하와이안항공과의 계약도 종료하고 수속 카운터를 신규 설치하며 새로운 청사로의 전면 이전도 필요했다. 그리고 그 모든 상황에 커다란 도움을 줄 직원 채용이 제일 관건이었다.

마중 나왔던 그 직원 외에도 공항에는 한 명의 직원이 추가 배치되어 있었으며, 다행히 그 직원은 조업사에서 DCSDeparture Control System를 사용하여 수속을 경험해 본 터라 신입 직원인 다른 직원과 함께 큰 도움이 될 것이라 믿었다.

도착 첫날부터 라이온스 클럽의 행사에 불려 나가 지점장이랍시고 월마트에서 급히 구입한 10불짜리 하와이안 셔츠를 입고 마이크를 잡고 회사 홍보를 진행하였다. 여기저기 얼굴을 비추라는 행사는 왜 그리 많은지 피로를 풀 여력도 없이 누운 낯선 호텔방의 곰팡이 냄새나는 미국식 저질 매트리스 침대가 그나마 내가 잠시 쉴 수 있는 공간이었다.

그리고 차도 없는 상황에서 매번 출퇴근을 직원들의 도움 없이는 하기 힘들었고, 즉석밥과 깻잎 통조림으로 끼니를 때우는 일도 서서히 지겨워졌다. 미국에서 반드시 필요한 운전면허 취득, SSNSocial Security Number을 받을 시간은커녕 휴대폰 개통할 시간도 없어서 선불폰을 몇 달이나 써야만 하는 상황이 계속되었다.

그렇게 시간은 흐르고 이미 수많은 신규 채용 직원들이 회사 이름에 이끌려 입사를 했다가 일주일도 되지 않아 그만두는 상황이 반복되었다. 매일 운항일은 다가오는데 사무실의 인터넷 연결이 되지 않아 컴퓨터를 사용할 수도 없어, 직원에게 통신 회사에 '계속 인터넷 설치 일자를 미루다가 항공기 운항에 차질이 발생하면 당신네 회사를 상대로 소송을 걸겠다'라는 말을 하라는 다소 거친 지시까지 하기에 이르렀다.

생각해 보면 하와이에서는 다소 늦지만 끝내는 해결이 되곤 했다. 결국 청사 이전과 온라인 수속을 일주일 앞둔 시점에서야 인터넷 연결이 되면서 조업사 교육과 각종 보고서 작성 등 정상적인 업무를 수행할 수 있게 되었다. 혹자는 이를 느림의 미학, 여유라고 표현하기도 하지만 난 아직도 그 말을 이해할 수 없다.

부임 초기에 수많은 직원 면접을 보았다. 현지 직원 채용과 관련한 에피소드들도 많지만 몇 개만 짚고 넘어가야겠다. 내가 몸담고 있는 회사의 하와이 현지 B/S Base Staff 채용은 인턴으로는 불가능하였고, 정규직만 채용을 진행하였는데 자격 요건은, 4년제 대졸에 영주권 또는 시민권자에 용모 단정하며 영어와 한국어를 자유롭게 구사할 수 있는 이중 언어 사용자Bilingual로 나름 까다로웠다. 이런 스펙이면 한국에서도 찾기 힘든 재원이었다.

그런데 막상 채용공고를 올리고 보니 어처구니없게도 나보다 나이 많은 심지어는 같은 대학 동문인 백수 아저씨, 이상한 술집에서나 볼 수 있을 것 같은 야시시한 아줌마, 한국말이라고는 드라마에서나 몇 마디 들어본 듯한 영어 발음조차 이상한 히스패닉계 청년, 한국에서도 보기 힘든 극심한 경상도 사투리 억양의 아줌마 등이 취업하겠다고 찾아왔다. 도대체 인천국제공항에서 흔하게 볼 수 있는 잘생기고 예쁘고 착하고 일 생기면 미친 듯이 뛰어다니며 영어, 일본어, 중국어를 모국어처럼 구사하면서 일 처리를 하는 성실한 젊은 직원들은 어디 있는 것인가.

결론적으로 그런 직원들이 있긴 있었다. 항공사라는 겉면의 화려한 모습에 반해 좋은 재원이 서류접수를 하기도 했지만 면접에서 급여 수준을 듣고는 연락 두절이 되거나, 선크림을 바르지 않은 덕분에 며칠 만에 강렬한 하와이 햇살로 이미 소도둑 놈처럼 보이는 내 얼굴을 보고는 질색하며 발길을 돌리기도 했다.

몇몇은 미주지역본부와 본사와의 협의하에 당장 합격 발표를 통보하기도 했지만, 출근 후 신규 지점의 살인적인 업무량과 미국 근로기준법에 의거 당장이라도 소송이 가능할 것 같은 월 1~2회의 휴무일 부여 수준 등의 분위기를 보고는 유니폼을 고이 접어 내 책상에 올려놓고 문자 메시지 딸랑 하나로 퇴직을 통보한 직원도 있었다.

그래도 꾸역꾸역 채용을 진행했고 그렇게 입사한 수많은 직원들과 짧은 시간을 함께 했지만, 그중에서도 몇 명의 직원들은 의리 있게 끝까지 남아 고역을 참아내며 어설픈 지점장의 지

시를 마치 하늘에서 온 선지자의 계시 마냥 따라주었다. 그리고
지금도 여전히 그들과는 가끔 안부를 묻고 있다.

고난의 행군 속으로

A4 용지를 벽에 걸어놓고 카운트다운을 시작했다. 10, 9, 8, 7… 직원들은 너무 싫어했지만 나름 나에게는 그 10일간의 여정이 모든 것을 다시 한번 점검하고 재점검하는 규칙이었다.

우리 회사가 하와이안항공과의 조업 계약을 끝내고 전문 조업사와 계약을 진행 중이라는 소문이 돌면서 그들의 조업 품질은 바닥을 치고 있었다.

특히, 하와이안항공이 독점으로 사용하는 주내선 터미널에서 항공기를 띄우던 시절에는 그 터미널이 많이 노후화되어거의 매일 수하물 벨트가 고장이 나고는 했는데, 부임 초반에 그나마 남겨진 가방들을 옮기는 척이라도 했던 조업 직원들이 계약 종료가 다가올수록 게을러지고 나의 지시에 거의 응하지 않았다.

여느 때와 같이 만석인 비행기에 손님을 응대하던 중 아니나 다를까 수하물 벨트가 멈추어 서버렸다. 이미 많이 경험했던 터라 별로 놀라지도 않고 카트에 짐을 옮겨 실으며 조업 직원들에게 지시를 내렸다. "헤이 에이미. 플리즈 테이크 디즈 백스 온 투 더 카트. 헬프 미."

그러자 나를 빤히 쳐다보며 조업사 매니저는 이렇게 말했다. "너네 항공사 다른 회사랑 조업 계약한다며? 우린 이제 이런 거 안 해! 못해! 우리 조업 계약에는 가방 옮기라는 항목은 없어! 네가 직접 들어 옮기든 말든 알아서 해. 나 커피 한잔하고 올게. 빠이빠이~"

정말 미칠 지경이었다. 입고 있던 더블로 된 양복 형태의 유니폼 재킷을 벗어던지고 넥타이를 풀며 23Kg에 육박하는 가방을 하나씩 카트로 옮기기 시작했다. 그나마 신입으로 뽑은 직원 한 명과 나는 AOA Badge세관 지역을 출입할 수 있는 상주 직원용 ID 카드. 흔히 한국에서는 Ramp Pass라 한다.가 없었기에 서로 도와가며 짐을 옮겨 나갔다.

그렇게 한참을 가방을 옮겨 엘리베이터로 수하물 지역으로 내려보내고는 잠시 쉬는 중 일이 터졌다. 워키토키에서 수하물 담당 직원 한 명이 급히 지점장을 찾으며 외치며 "지점장님! 우리 손님 가방에서 폭발물이 발견되었대요!" "뭐라고? 폭발물? 말이 되는 소리야? 우리가 무슨 중동계 항공사야? 어떻게 발견된 건데?" 지지직… 지지직… "보통 대다수 가방들은 수하물 벨트를 통과하면서 엑스레이로 자동 점검이 되는데 벨트가 망가지는 바람에 수동 검사가 진행되었고, 폭발물 탐지견 K9경찰견 또는 군견. 개를 뜻하는 Canine을 발음이 같은 K9으로 치환한 단어 강아지 한 마리가 검정색 가방 주위를 몇 바퀴 돌다가 앉아버렸어요! 거기에 앉으면 폭발물 의심되는 거래요." 지지직… "그래서 지금 TSA Transportation Security Administration, 미국 교통안전청 직원, 폭발물 탐지반 등이 이미 와서 바리케이드 치고 있어요!" 지지직…

하늘이 노래졌다. 이미 비행기는 수하물 벨트 고장으로 인해서 1시간이 넘게 지연이 되고 있었고, 본사의 종합통제팀으로부터 언제쯤 항공기 출발이 가능하냐는 전화가 빗발치고 있었다. AOA Badge를 발급받은 직원 한 명은 수하물 지역에, 또 다른 직원 한 명은 도어 사이드에서 캐빈 매니저에게 상황을 설명하며 이미 탑승이 완료된 손님들의 불편을 해결하고 있었다.

처음 겪어보는 상황이어서 적지 않게 당황한 상태에서 백인 TSA 직원이 지점장인 나를 찾아와 인터뷰를 요청했다. 나름 영어를 써봤지만 정말 급박한 상황에 아는 지식은 없고 다소 고압적인 그의 영어 발음은 더더욱 알아듣기 힘들었다. 신입 직원을 통역 삼아 "나는 모르겠다. 그 손님에게서 이상한 점을 발견하지 못했다"라는 힘겨운 말을 반복하고 풀려났다.

그러고는 그 손님을 하기 해서 역사열출국심사 취소 후 카운터 앞으로 불러와서 TSA 직원과 인터뷰를 해야 한다는 말이 어렴풋이 들려왔다. 참고로 하와이는 국제선의 경우에도 출국 심사대가 없기에 자유롭게 밖으로 나올 수 있고, 다시 면세 지역으로 들어가야만 하는 경우 보안 검색대만 통과하면 된다.

시간은 참으로 더디게 지나가고 있었다. 해당 손님을 설득하여 하기 후 다시 카운터 쪽으로 직원이 모시고 나오고 있었다. 날은 덥고 이미 땀은 차고 숨은 가빴다. 하와이의 싱그러운 바람이 카운터 쪽으로 불어왔고 나는 이리저리 눈치를 보다 구석에 앉아 회사 유니폼 재킷을 벗고 다시 넥타이를 풀고 회사 배지를 떼어 냈다. 우리 회사 직원이라는 모든 표식을 임시 제거 후 급하게 담배에 불을 붙이고 한 모금으로 한숨을 돌렸다.

정신을 차리고 돌아와 도착한 손님들을 보니 내 예상과는 다른 분들이었다. 테러범 인상을 기대했는데 할머니 할아버지 손녀, 세 분의 손님이었던 것이다. 어린 소녀는 울먹이며 할머니 치마를 부여잡고 있었고 할아버지의 말씀을 직원이 통역했다. "뭐가 들어 있나요?" "정말 아무것도 없습니다. 딸 내외가 바빠서 우리끼리 손녀 데리고 여행 왔었고 잘 놀다가 들어가는 길인데 이게 무슨 영문인지 저도 알 수가 없습니다."

긴 시간 인터뷰가 진행되고 있었고, 결국 나는 더 이상의 비행기 지연을 지켜볼 수 없어 일단 비행기 출발을 지시했다. 이미 비행기는 떠나버렸고 울상이 되어버린 그 손님 세 분은 점점 지쳐갔다. 그 사이 폭발물 해체반은 가방을 해체하고 내부를 살폈다.

사연은 이랬다. 할머니가 현지에서 판매하는 꿀이 진짜라며 2병을 구매하셨고, 그 병을 꼼꼼하게 싸긴 했지만 공항의 수하물 벨트가 고장 나는 바람에 이리 끌고 저리 끌어서 내려보내는 과정에 꿀병이 깨져버린 것이다. 가방 내부는 액체로 범벅이 되면서 향긋한 냄새가 솔솔 올라 오자 강아지가 폭발물로 착각한 것이었다. 사실 많은 사람들이 수하물을 수속 후 보안검색을 하는 과정에서 X-Ray에 걸리는 게 라이터, 스프레이 등으로만 알고 있지만 밀도가 높은 꿀 같은 액체류도 검색이 된다.

드디어 기다리고 기다리던 매일 운항 행사 일이 왔다. 총영사님, 한인 회장님, 여행사 사장님, 시장님 등을 모시고 케이크를 자르고 훌라 춤 공연이 이어졌다. 약간 허탈했지만 그런 광경이 감격스럽기도 했다. 어려웠지만 무탈하게 청사를 이전해서 손님을 모시고 새로운 카운터에 우리 수속 시스템을 통해 정상적인 보딩 패스와 백택을 프린트하며 수속을 진행 한 것이다. 준비를 많이 한 만큼 어려웠지만 무사히 비행기를 띄워 보냈다.

그 후에도 정말로 많은 일들이 벌어졌다. 화물 계약이 되지 않은 상태인데 그걸 모른 한국의 직원이 아주 거대한 Surf Board를 수속해서 보내는 바람에 여기저기 다니면서 사정을 해

해결하기도 했고, 매일 운항 첫 달 회사의 회장님, 사장님, 임원님, 고문님, 팀장님 지인으로 VIP가 하루에 20명씩 동시에 도착하는 바람에 그분 모두를 한 분 한 분 의전 할 수 없어 정신없이 땀만 흘리기도 했다.

지점장 부임 직전에 친한 공항 출신의 후배에게 밤늦게 맥주 한 잔을 사주며 물었었다. "도대체 해외지점에 발령받아서 지점장이 제일 중요하게 챙겨야 할 항목이 뭐니? 한두 개만 이야기해줘라. 넌 많이 들어서 잘 알잖아. 술은 내가 살게." "음. 다 중요하지요. 그런데 딱 한 가지는 잊지 말아야 할 게 있어요. 술 취하지 마시고 이거 하나는 꼭 기억하세요. MAAS. 즉, 의전이에요. 그거 놓치면 일 아무리 잘해도 임기 전에 소환 당할 수도 있어요. 과거에 유사 사례도 있었고요." "이해가 안 되는데 비행기의 지연, 결항 등 비정상 상황에 대한 유연한 대처, 손님들을 편안하게 모시는 서비스에 중점을 두고 일하라는 조언이 아니라 의전이 중요하다고? 그럼 비정상 상황에서 VIP가 계시면, 지점장이 VIP 곁에 있어야 한다고?" "넵. 지금은 이해가 안 되시겠지만 일단 정답은 말씀드렸으니까 술이나 드시죠." 그의 말을 그 당시에는 정말 이해할 수 없었다. 그러나 점차 그 의미를 깨닫게 되었다.

매일 운항이 결정된 2012년 7월. 그 달은 VIP 의전 요청이 99건이나 접수되었다. 인천국제공항에선 여러 명의 직원이 돌아가면서 의전서비스를 수행하지만 해외 지점은 지점장 한 명이 모든 의전건을 처리해야 한다. 직원들은 항공기 운항에 필요한 업무를 수행해야만 하기 때문이다.

통상 VIP 의전은 항공기가 탑승교에 접현 후 캐빈승무원의 안내 하에 공항 지점장이 VIP를 모시고 안전하고 빠르게 CBPUnited States Customs and Boarder Protection, 미 세관국경보호국가 앉아 있는 입국 심사대를 통과해서 Baggage Claim 지역에서 가방을 모두 찾아 카트에 실어서 터미널 밖으로의 길을 안내하게 되어 있다. 때에 따라서는 국제선 터미널에서 주내선 터미널로 안내 후 마우이나 빅아일랜드로 가는 항공편 탑승에도 도움을 드리는 것이 최종 임무이다.

문제는 나의 AOA Badge는 여전히 발급 전이라는 점이었다. 하와이는 모든 행정 처리가 상당히 늦었고 나의 Badge 진행 상태는 공항공사 직원에게 몇 번을 물어봐도 "난 몰라. 그냥 기다려. 넌 왜 그리 성격이 급해"라는 대답만 돌아왔다. AOA Badge 가 발급되어야 카운터 지역에서 세관 지역으로 직원 통로를 이용해 마음껏 드나들 수 있고, 도착 후 Baggage Claim 지역까지도 이동할 수 있다. 결국은 부임 4개월여만에 발급이 되었다.

나는 AOA Badge가 없었기 때문에 매번 도착장 외부에서 여행사 가이드와 함께 서 있을 수밖에 없었다. 어쩌면 약간은 부끄럽게도 유니폼 정장을 땀을 흘리며 의관 정제하고 하와이

안 셔츠와 Lei 틈에서 근엄함을 유지하다 보면 쳐다보는 현지 직원들과 관광객들 사이에서 원숭이가 되어버린 느낌도 들곤 했다. 그래도 우리 항공사인지가 금방 표시가 되니까 '나는 걸어 다니는 회사 광고판이다'라고 생각하자며 스스로 위안을 삼기도 했다.

뽀샵보다는 실물이 낫더라

늘 입국장 외부에서 기다리다가 직원이나 조업 직원이 모시고 나온 VIP를 배웅 나온 가족이나 여행사 직원에게 무사히 인계하고 인사를 드리는 게 임무였는데, 출발과 도착에 서로 다른 VIP가 나오게 되면 그야말로 5분 거리의 수속 카운터와 입국장을 이리 갔다 저리 갔다 왕복하기가 일쑤였다.

그러나, 이것도 쉽지 않은 경우가 있는데 동시다발적으로 도착하거나 출발하는 경우이다. 그럴 때엔 적절하게 눈치껏 직원과 나의 역할을 분담했으나 본사에서 반드시 지점장이 모셔야 한다고 강조한 VVIP가 동시에 한 비행기를 타고 도착한 경우가 발생했으니 그날도 참 땀 많이 흘렸다.

한 분을 모시고 가서 마중 나온 운전기사에게 인계하고

돌아서서 다시 다른 VVIP께 달려갔다. 그분 曰 "전 지점장 출근 안한 줄 알았는데 나와 계셨네요. 어디 다녀오시는 길인가 보군요." "아… 네. 제가 화장실이 급해서요. 죄송합니다. 빨리 이쪽으로 모시겠습니다. 여행하시느라 불편한 점은 없으셨습니까? 오늘 하와이 날씨가 참 좋습니다. 곧 소니 오픈도 개막하니 관람하고 가시겠네요."

아무 말 대잔치를 하며 잠시간의 지점장 부재를 그분 머릿속에서 지워버리고자 노력했고 다행히 더는 묻지 않으시고 그날의 의전은 끝이 났다. 또다시 비행기가 지연되어 승객들의 불만이 신입 직원들을 향해 쏟아지고 있었지만…. 의전과 관련해서는 별도의 장을 마련해야 할 정도로 에피소드가 많으나, 여기에서는 두어 가지 이야기만 소개하고자 한다.

부임한지 몇 달이 되어 정상적으로 AOA Badge도 발급되었고 다소 편안한 맘으로 긴장을 덜고 의전서비스를 수행할 수 있게 된 지 얼마 되지 않은 시점에, 모 그룹 회장님 여동생 일행이 가족 여행을 오셨다. 그분 남편분께서도 또 다른 그룹의 회장님인데다가 따님도 이름만 대면 알만한 유명인이었다.

그런데 하필 그날 다른 VIP들도 동시다발적으로 같은 항공편으로 도착을 했다. 난 그 동생분의 얼굴을 본 적이 없었고 인터넷을 통해서 사진으로 익혔지만 쉽게 인지하리라 생각했다. 항공편이 도착 후 도어가 열리고 역시나 캐빈 매니저는 좌석 번호를 열거하며 누구누구 탑승하셨으니 의전서비스를 부탁드린다며 인계를 해주었다. 그 순간 하필 다른 VIP께서 내게 "지점장이 나오셨군요. 어서 가시죠"라며 인사를 건넸다.

큰 실수를 하고 말았다. 느낌이 약간 어색했지만 그 동생분의 남편이라고 생각한 나는 자연스럽게 입국장으로 모시기 시작했고 셔틀버스에 탑승을 도와드렸다. '그런데 이상하네 분명 엄마, 아빠, 딸, 그리고 또 한두분 더 있다고 했는데 부부만 딸랑 계시네? 흠. 느낌 안 좋다.'

셔틀버스에서 내려서 입국장의 Expedite Lane입국심사를 빠르게 진행할 수 있는 별도 라인. 주로 몸이 불편하신 손님이나 VIP 등이 사전 허가를 받아 이용 가능함으로 모셨는데, 이것도 또 케이스 바이 케이스라 별도의 사전 허가를 득하지 않았더라도 그 구역을 담당하고 있는 CBP 안내 직원과 친해지면 VIP가 아니더라도 슬쩍 말도 안 되는 영어로 부탁해서 빠르게 빠져나올 수가 있다.

처음에 부임해서는 미국은 그런 제도가 없는 줄 알았는데 알고 보니 역시나 사람 사는 곳이라 인맥이나 지위를 통한 청탁 등은 한국보다 더하기도 했다. 어쩌면 하와이라는 고립된 섬의 특성일 수도 있으니 미국이라는 나라에서 벌어지는 일반적인 일이라고 정형화하기는 무리라고 생각한다.

아무튼, 이상한 느낌이 지속되어 모시고 있던 그 부부의 여권을 잠시 보자고 말씀드렸다. 여권을 펼쳐 든 순간 너무 놀라서 여권을 바로 다시 돌려드리고 뒤돌아 뛰기 시작했다. 어쩐지. '아까 버스에서 중년의 여성분이 나를 자꾸 쳐다봤는데. 역시나 거기였다. 이런! 난 죽었다!!'

이미 그분들은 일반 승객들과 함께 입국심사를 통과해서 가방을 찾기 일보 직전이었다. 나는 후다닥 달려가 "안녕하세요" 하고 꾸벅 인사를 드렸는데, 그분의 첫마디는 "이제야 찾으셨네요?"

순간 소름이 돋았다. '재벌 회장님의 여동생인데 의전을 실수했으니 이제 난 한국으로 소환되겠구나. 열심히 일했는데 몇 개월 만에 한국으로 돌아가게 되다니⋯ 이제 막 입학을 마친 아들 교육은 어쩐담.' 별의별 생각이 다 들었다. "실물을 뵌 적이 없어 인터넷으로 사진을 찾아보았고, 사진보다 훨씬 미인이어서 알아 뵐 수가 없었습니다. 죄송합니다." "호호호. 사진으로 사람을 알아보긴 힘들죠. 그럼 어서 가시죠."

다행히 순발력이 빛을 발하는 순간이었으나 등 뒤에서 비처럼 흘러내리는 땀은 막을 수 없었다. 흥건하게 젖은 셔츠를 감추며 일행분들을 모시고 마지막에 배웅하는 순간 그 여동생의 남편, 즉 또 다른 재벌의 총수 분께서 살짝 웃어 주시던 모습이 잊혀지지 않는다. 그런데 내 배배 꼬인 마음으론 "아이고 이놈아. 먹고살려고 고생이 많다"라고 읽혀졌었다.

미국 내에서도 하와이는 부자 동네이다. 고급 저택도 많고 날씨가 온화하여 이름만 대면 알만한 유명한 재벌 총수들이 겨울철마다 한국의 혹독한 추위를 피해 몇 달씩 머물다 가곤 했다. 무한도전, 우결 등 유명 프로그램 촬영도 이어지며 연예인뿐 아니라 미국 배우, 하와이 주지사, 유명 정치인 등 정말 평소에 TV에서나 보던 사람들을 많이도 모셨었다.

사실, 직원들은 이런 하와이의 특수한 상황을 즐기고 좋아하는 연예인을 잠시나마 볼 수 있음에 좋아했지만, 지점장인 나는 그 와중에도 유명 예능 프로그램의 촬영 장비 세관 통과와 연예인의 유명도에 따른 좌석 배정 등에 많은 신경이 쓰였고, VIP의 경우에도 좌석 배정과 가방 탑재에 신경이 쓰여 마냥 좋아할 수만은 없었다.

매년 1월이면 라스베이거스에서 CESThe International Consumer Electronics Show라는 큰 행사가 열린다. 그 즈음에 한국의 많은 기업들의 임직원들은 그 행사에 참석 후 한국으로 돌아가는데 반해, 한 재벌 총수님은 늘 하와이를 들려 잠시 개인 일을 보시고 우리 회사 항공편으로 한국으로 복귀하는 게 연례행사였다. 처음 그분을 뵈었을 때는 너무도 무뚝뚝하고 신경 써야 할 부분이 많다는 이야기를 익히 들어왔기에 엄청나게 긴장하고 신경을 썼었다.

우리 회사는 매년 해외 지점장들 대상으로 1년에 한 번 한국에 공식 출장으로 복귀하여 회사에서 개최하는 전략경영 세미나를 참석 후, 신체검사와 개인적인 용무를 마치고 부모님과 친구들과의 식사 자리를 할 수 있는 기회가 있었다. 그러나 난 그 소중한 순간을 만끽할 수 없었는데, 그 이유는 CES와 전략경영 세미나의 일정이 겹치는 해가 많았고 거의 매번 그 재벌 총수님을 의전 해야 하는 상황이 발생했기 때문이었다.

한 번은 내가 탄 비행기가 호놀룰루 국제공항에 도착하자마자 마치 슈퍼맨처럼 회사 유니폼으로 갈아입고 미국 국내선 게이트로 달려가 라스베이거스에서 도착하는 그분의 회사 일행을 맞이한 적도 있다.

전술했지만 초반에는 너무 어려웠던 그분이 오시는 게 무섭고 힘들었지만, 점차 익숙해지고 친숙해지면서 농담도 건네주시고 가끔 직원들에게 식사라도 사주라고 하시며 얼마간의 용돈을 주시는 경우도 있어서 좋기도 했다. 심지어는 맛있는 김치라며 총각무, 배추김치를 가져다주시기도 했다. 하지만 그 옆에서 나처럼 양복을 입고 의전하고 있는 수행비서의 어깨에 노트북 가방 대신 김치 가방을 들게 하는 건 좀 불편했다.

아무튼, 용돈도 주시고 맛있는 김치도 가져다주시는 그분이 주재 복귀 시점에는 오히려 기다려졌다는 사실을 생각하면 아직도 나 자신이 우습다. 사족이지만 그 김치 아주 유명한

호텔 상표의 김치였고 한국에 돌아와서는 너무 가격이 비싸서
못 사 먹고 있다.

올 때는 비즈니스, 갈 때는 이코노미

가끔은 나쁜 경우도 있었다. 꺼내기 어려운 이야기지만 일부 재벌들은 부인이 아닌 젊은 여자분과 함께 단둘이 여행을 오는 경우도 있었는데, 그럴 때면 한국의 의전 보고서를 받아볼 때마다 이해하지 못할 글이 쓰여있었다. '불편해하시니 동행하시는 분을 사모님이라고 호칭하지 말 것!'

한 번은 이름만 들어도 알 수 있는 그룹의 재벌 3세가 젊은 여성분과 함께 여행을 오면서 의전서비스를 제공하게 되었다. 당연하게도 그 여자분을 사모님이라고 부를 맘은 1도 없이 일상적인 대화와 함께 의전을 하면서 주내선 터미널까지 모시고는 마우이로 가는 하와이안항공 항공편의 보딩 패스 출력을 위해 키오스크에서 일 처리를 하려는 순간, 그분이 나를 제지하였다.

직접 키오스크에서 하시겠다고 하길래 뒤로 물러섰다. 이미 수하물 지역에서 조업 직원에게 고압적으로 명령을 하는 모습을 보고는 그분에 대한 첫인상이 안 좋은 편이었다. 이윽고 두 번째 화면에서 언어를 한국어, 영어 선택이 가능한 화면이 표출되었고 난 당연히도 한국어를 선택할 것이라 생각했지만 의외로 그분은 영어를 선택하였다.

'뭐지 이 상황은? 그녀 앞에서 영어 잘한다고 자랑하고 싶은가 보군' 하며 기다리는데 그 간단한 영어 문장을 읽지 못하고 헤매고 있었다. 재벌 3세라 유학도 하고 영어 공부도 많이 했을 거라는 내 상상은 여지없이 무너졌다. 한참을 잘 못 누르고 헤매던 그는 옆에서 지켜보던 내 시선이 부담스러웠는지 갑자기 하와이안항공 직원을 불렀다. "헬로… 엄… 이즈 디스… 보딩패스? 마우이… 투 피플… 엄…."

정말 실망스러웠고 빨리 사무실로 복귀해야 하는 나는 도와주고 싶었지만 당해보라는 심정으로 단 한마디 통역도 해주지 않았다. 다행히 친절했던 그 하와이안항공 안내 직원은 아주아주 느린 영어로 "이거저거 누르시면 됩니다" 하고는 무심한 도움을 주고 총총히 사라졌다.

통상 VIP분들에겐 주내선의 보안 검색대 라인도 인맥을 통해 Expedite Lane으로 도움을 드리곤 했지만 이번엔 그러고 싶지 않았다. 그 둘을 승객들이 서서 신발 다 벗고 벨트 풀면서 족히 30분은 대기해야 하는 일반 줄에 세워버리고는 고개만 까닥 후 냉정하게 돌아서 버렸다. 그로부터 5일 후, 올 때는 둘 다 비즈니스석을 타고 오더니 나갈 때 그 재벌 3세는 비즈니스석으로 수속을 했고, 여자분은 이코노미석 중간에 배정을 했다.

　이야기가 전개된 김에 한두 개 더 말하자면, 해외 지점장은 부임 후 업무 파악도 중요하지만 현지의 주요 관광지 정보, 현지 교민 현황, 기상정보, 정치, 경제, 사회적 이슈 등을 반드시 파악하고 있어야 한다. 모두들 그러는 것은 아니겠지만 의전 시에 물어보시는 분들이 상당히 많기에 전문가적인 모습을 보이려면 필수적 준비사항이다. 심지어 하와이에 있는 대다수의 산 높이에 각 해변들의 특징과 숨겨진 비경 등도 공부해서 정보를 드리기도 했었다.

　아, 그리고 그분들은 비싼 호텔의 스위트룸과 가난한 직장인은 갈 수 없는 식당을 이미 예약하고 오셨기 때문에 호텔과 맛집에 대한 정보는 필요가 없었다.

　의전 관련 마지막 에피소드.

　그분은 아주 유명한 전직 정치인이었고 샌프란시스코의 Napa Velly나파 벨리, 미국 캘리포니아주 나파 카운티에 위치한 대규모 와인 생산지 와이너리를 거쳐 마우이 직항을 타고 가족 여행을 갔다가 오하우섬으로 들어와서 우리 항공편으로 한국 복귀를 하시는 일정을 계획 중이셨다.

긴급하게 연락이 왔다. 마우이로 먼저 넘어가서 그분 일행을 의전하고 도움을 드린 후 오하우섬으로 돌아와 우리 항공편 탑승 시에도 잘 모시라는 내용이었다. 한 번도 가보지 못한 마우이로 가서 혼자 의전을 하라는 연락에 조금은 당황했지만, 이내 긍정적으로 맘을 고쳐먹고는 이참에 마우이 여행을 해보자는 생각으로 사전 준비를 하고 있었다. 그런데 그분에 대한 기사가 대문짝만 하게 4대 일간지에 실리면서 그 여행 계획은 긴급히 취소되었다.

그 후 그분은 다시는 하와이 여행 못 오셨지만 29만 원밖에 없는 분께서 어찌 하와이 여행을 계획하셨을까 하는 궁금증은 아직도 풀리지 않았다.

공항에서 일어난 모세의 기적

거의 휴일이 없었다. 개인적인 성격 때문이기도 했지만 밀려드는 업무와 매 순간 발견되는 사소하지만 중요한 개선 거리들, 조업 직원들의 실수를 방지하기 위한 두 눈 부릅뜨기는 물론 이런저런 사건 사고들이 거의 매일 터져 나왔기 때문이다.

나는 본사에서도 휴일에 출근하는 경우가 많았고, 밤을 새워가며 노조와 극적 타결을 하는 등 초과 근무에 대한 두려움이나 불만이 크게 있지는 않았지만 문제는 현지 직원들이었다. 계속 채용과 사직을 반복하며 4명의 현지 직원 T/O 중 평균 3명 이상이 동시에 재직하는 일은 거의 드물었고, 매일 운항편을 처리하기엔 항공사를 처음 접한 그들의 실력이나 항공 업무에 대한 이해도가 떨어질 수밖에 없었다.

간단한 시스템 사용법부터 사내 인트라넷 사용법, 회사의 인사제도, 범용적인 항공 지식은 충분히 가르칠 수 있었지만, 공항 관련 지식은 무지해서 도움을 주기가 어려웠다. 그래서 어쩔 수없이 경쟁사 지점장과 친분을 쌓아 간혹 비정상 상황 처리에 많은 도움을 받곤 했다.

경쟁사의 도움을 받는다는 소문이 돌아 본사에서 조심하라는 전화도 받긴 했지만 신규 지점은 본사에서도 현지의 특수한 상황을 모르기에 경쟁사 직원에게 물어보는 것은 어쩌면 최선이자 필수이다. 해외 나가면 다들 그렇게 도우면 산다.

그렇게 직원들에 대한 공항 업무 지식은 어떻게든 누군가의 도움을 받아야만 했는데, 여행을 다녀가는 수많은 직원들이 본인의 휴가를 미뤄가며 원 포인트 레슨을 해주기도 했고, 여기저기 전화를 돌려가며 젖동냥하듯 미주 내 타지점 지점장님들과 베테랑 직원들의 도움도 수없이 많이 받았다.

다시 돌아가, 거의 하루의 휴일도 없이 6개월을 매일같이 반복되는 지연 도착으로 인한 승객들의 불만 접수를 처리하고, 호놀룰루 국제공항의 노후화로 인한 각종 기기 고장으로 육체적으로도 심적으로도 지쳐만 갔다. 그래도 이제 어느 정도 직원들의 업무 스킬도 향상되었고 조업 환경도 안정화되어가고 있으니, 부임 후 처음으로 딱 하루만 관광객처럼 와이키키 해변을 즐기며 가족들과 외식이라도 하자고 결심했다.

오랜만의 늦잠으로 기분이 상쾌해졌다. Nordstrom 백화점에 있는 카페로 가 브런치를 먹으며 아내와 이런저런 대화를 나누고 있었다. 이미 직원들이 큰 문제 없이 항공편을 핸들링 하고 있었으며, 잇따른 나의 전화에 "이제 그만 물어보시고 쉬세요"라는 핀잔을 들으면서 여유롭게 식사하고 있었다.

직원과의 마지막 통화가 끝난 지 채 30분이나 되었을까 다시 전화기가 울렸다. 그냥 단순한 불만 손님 응대 건 정도로 가볍게 생각해서 휴대폰을 손에 든 순간 다급한 직원의 목소리가 큰소리로 울려 퍼졌다. "지점장님! 승무원이 S/UShow-Up을 하지 않고 있어요! 비행기 지연될 것 같아요." "뭐라고? 그럼 승무원에게는 연락해 봤어? 도대체 왜 그런 거야? 승무원들에게 무슨 일이 생긴 거야?"

상황은 이랬다. 조업 직원이 매일 같이 운항승무원과 캐빈승무원의 셔틀버스 픽업 시간을 항공기 운항 시간에 맞추어 호텔 측에 전달하는 절차를 운영하고 있는데, 그만 그 직원의 실수로 지연 도착한 항공기의 출발시간을 승무원 셔틀버스 픽업 시간으로 잘못 기재하여 팩스를 송부하였고, 승무원들은 영문도 모른 채 아직도 꿈나라를 헤매고 있었다.

자리를 박차고 일어나며 L/OLay Over 호텔로 전화를 했다. 일단 기장님과 캐빈 매니저에게 상황을 다급히 설명 후 최대한 빠른 시간 내에 비행 준비를 해 달라는 부탁을 하고는 식당을 박차고 뛰어나갔다. 떠나는 내 뒤로 "운전 조심해! 하루 쉬는데 도대체 이게 무슨 일이야"라는 외침이 들려왔다.

미친 듯이 과속으로 운전을 하며 전화를 사방으로 돌렸다. 일단 직원들에게는 손님들에게 양해를 구하고 약간의 거짓말로 '승무원 셔틀버스가 고속도로상에서 고장이 나는 바람에 공항 도착이 늦어지고 있다'라고 안내드리라 지시했다. 지점장도 없는 상황에서 신입 직원들이 손님들에게 해당 내용을 사실대로 설명을 하게 되면 그 여파가 가늠이 되지 않았기 때문이다.

그 후, 캐빈승무원들의 준비 사항을 다시 체크하고 셔틀버스 재배치 시간을 몇 번이고 확인했다. 캐빈 매니저와의 통화에선 최대한 승무원들의 비행 준비 시간을 줄이고자 기내식 준비사항 및 슬리퍼, 기내 헤드폰 등의 비치 방법을 문의하여 직원들에게 먼저 준비해 두라고 지시했다.

전속력으로 달려 도착한 카운터는 텅 비어 있었으며, 이미 손님들은 수속을 다 마치고 게이트로 이동한 상태였다. 보안 검색대 라인을 확인해 보니 미 국내선 손님들로 가득 차 있었고, 승무원 전용 통로는 이미 시간이 지나 TSA 직원이 철수하여 닫혀 있었다.

일각이 천추 같은 시간이 흐르고 드디어 승무원 셔틀버스가 도착했다. 인사를 하고 승무원을 보안검색대의 Gold Lane<small>VIP 등을 위한 별도의 출국 보안 통로 사용을 허가하는 스탬프. 현재는 없어</small>

진 제도이다.으로 안내했다. 운 없게 그날따라 그 줄도 상당히 밀려 있었다. 급히 앞쪽으로 이동하여 AOA Badge를 보여주며 TSA 직원에게 사정 설명을 하고 끼어들기를 해도 되냐고 물어봤다. 그러나 그는 내 사정에는 전혀 관심 없다는 표정으로 "그건 너네 항공사 사정이야. 난 그럴 권리가 없어. 필요하다면 네가 줄 서 있는 승객들에게 직접 양해를 구해야 해."

급히 영어로 소리를 질렀다. "죄송합니다. 승객 여러분. 저는 아시아나항공의 지점장입니다. 오늘 우리 항공편 승무원들이 사정이 생겨 늦게 도착하였습니다. 지금 저희 비행편은 지연이 되고 있습니다. 제발 빨리 보안 검색대를 통과할 수 있도록 양보를 부탁드립니다. 거듭 죄송합니다. 감사합니다."

그러자 모세의 기적처럼 손님들은 조용히 길을 비켜주었다. 그리고 최단 시간 내에 승무원들은 보안검색대를 통과하였다. 워키토키를 허리에 차고 달려간 6번 게이트는 호놀룰루 국제공항의 가장 좌측에 위치해 있었다. 매일 같이 다니던 그 길이 너무도 멀게 느껴졌다. 도착하자마자 손님들 반응을 살폈다. 직접 마이크를 잡았다. "오래 기다리시게 해서 죄송합니다. 현재 승무원들은 공항에 도착하여 게이트로 이동 중에 있으며 곧 항공기에 도착하여 안전하게 준비를 마치고 여러분들을 모실 예정입니다. 기다려 주심에 다시 한번 감사드립니다."

정확히 1시간 4분 동안 지연되어 출발했다. 본사에는 지점의 잘못으로 지연되었다고 솔직히 이야기를 했고, 복합 지연 코드 중 54분은 호놀룰루 공항서비스 지점의 실수를 표시해 주고 있었다. 한국의 본사 출근 시간이 되자 사무실 전화가 울렸다. 사실을 적시하여 보고서를 작성해 송부하라는 내용이었고 경영층에도 항공편 지연 관련 보고가 되었다는 내용도 전달받았다.

섭섭하게도 직원들과 조업 직원들은 웃으며 사담을 하는 가운데 난 최대한 담담함을 유지하며 보고서를 써 내려갔다. 시간대별로 지연 상황을 설명하고, 실수한 조업 직원의 피해를 우려해 마지막엔 모든 책임은 지점장에게 있다는 말도 덧붙였다.

며칠의 시간이 흘렀다. 본사에서의 진행 상황이 궁금했는데 결론이 났단다. 지점장에 대한 인사 소위원회를 개최 검토 예정이었으나, 최대한 사정을 감안해서 경위서 제출로 갈음하고 임원 경고의 가벼운 징계를 내리는 것으로 결정되었다는 실무자의 말을 들으며 그나마 안도했지만 화가 났다. 실수한 조업 직원에 대한 화가 아니었다. 왜 하필 하루 쉬는 날 이런 일이 발생했을까? 내가 현장에 있었다면 지연이 발생하지 않을 수도 있었을 텐데라는 자책이었다.

그 후로는 수요 감소로 인해 항공편이 주 5회로 줄어들어 불가피하게 쉬는 날이 생길 때까지 거의 1년 이상을 단 하루도 쉬지 않았다. 물론, 시차를 무시한 한국 직원들의 문의 전화를 야밤이고 새벽이고 수없이 받는 건 당연한 일이었다.

노랑 바리케이드

단 하루도 쉬지 못하고 일을 하는 데는 불가피한 이유가 있었다. 감당할 수 없는 비정상 상황이 거의 매일 발생하였고, 개인적으로도 업무적으로도 모든 일이 제대로 돌아가는 경우가 없을 정도였다.

그날은 편안히 손님들의 보딩까지 마친 상황이었다. 오늘은 무사히 지나가나 싶어서 안도하는 맘으로 게이트에서 항공기를 바라보고 있는데 L/SLoad Sheet를 들고 기장님 사인을 받던 조업 직원이 사색이 되어 튀어나왔다. 뭔가 잘못된 것이라 생각해서 W&B를 재점검하라고 지시했는데, 그 친구는 조업사에서 급히 채용한 직원이라 기초 교육을 받고는 혼자 근무한 지 며칠 안된 상황이었다.

지금은 본사의 OCCOperational Control Center에서 W&B를 수행하지만, 당시에는 지점에서 수행하였기에 일정 시간 교육 및 시험을 통과한 직원이 자격증을 받게 되고, 그 유일한 직원이 처리를 했었다. 간혹 LMCLast Minute Change, 출발 직전 가방 숫자의 변동 등으로 인한 항공기 무게 변경 반영도 발생하였지만 그간 큰 문제가 있진 않았었는데 드디어 제대로 상황이 발생한 것이었다.

부임 전 해당 교육을 받았기에 대충 무슨 말인지는 알았지만 항공기가 지연되고 있는 상황이었고, 게이트에서 손님들 안내에 매진하고 있었기에 담당 직원의 말만 믿을 수밖에 없었다. 사무실로 돌아가 다시 계산기를 두드리고 엑셀로 계산을 마친 그 친구는 "가방이 너무 많아서 비행기가 무거우니 AKE 컨테이너 두 개를 빼야 한다"라고 말했다.

컨테이너 하나에 통상 30~40개의 가방이 탑재되기에 최대 80여 개의 가방을 하기 해야 한다는 것이고, 인당 2개의 가방을 수속했다면 거의 40명 분의 승객 가방을 내려야 하는 것이었다. 뭔가 느낌이 이상했지만 직접 계산을 해 볼 수도 없는 상황이어서 고심 끝에 "오케이 그렇게 해!" 하고는 컨테이너 하기를 지시했다.

그렇게 약 30여 분이 지연된 항공기는 결국 Push Back을 했다. 다시 꺼낸 가방들은 다행히 여기저기 항공사들의 도움으로 몇 개씩 나누어서 일본, 중국, 동남아, 한국으로 Rush Bag타 항공사로 남겨진 가방을 보내는 협업 방식 처리를 했다. 그럼에도 컨테이너 하나가 남아 경쟁사 지점장에게 부탁을 했고 그는 자리가 빈다며 흔쾌히 우리 컨테이너를 통째로 가져가 당신네 비행기에 실어주었다. 이후에 복기해 보니 그 직원이 실수한 거였다. 가방 무게를 잘못 입력하는 바람에 무게 초과로 계산되었고 결과적으로는 단 한 개의 가방도 내릴 필요가 없었던 것이다.

이 사건을 계기로 조업사와 회의를 통해 W&B를 수행하는 직원은 좀 더 채용에 신경을 쓰고 2명 정도를 충원하여 서로 보조하며 업무를 수행하게 절차를 바꾸었다. 또한, 재계산 후 L/S를 재출력해야 하는 경우에 대비해 소형 프린터를 사서 게이트 백에 넣어 다니게 지시했고 직접 점검도 했다.

그러나, 여전히 문제는 또 발생했다. 하필 카운터에서 제일 먼 게이트가 배정된 날 W&B 재계산을 해야 하는 상황이 발생했고, 프린트를 열었으나 고장이 났는지 그것마저 되지 않았다. 결국 사무실에 홀로 남아 있던 직원에게 출력하여 뛰어오라고 지시하고, 중간에 바통 터치하듯 내가 직접 받아 뛰어 들어가 기장님의 사인을 받고 온 타임에 도어 클로즈 한 적도 있었다.

반복되는 이야기지만 100년이 넘은 호놀룰루 국제공항의 노후화가 사람 참 힘들게 했다. 국제선 국내선이 한 터미널에서 혼용되는 구조라 국제선 항공편에서 하기 한 승객이 일반적인 동선을 따르지 않고 슬쩍 옆으로 빠져서 걸어 나가 버리면,

국내선 승객처럼 입국 심사대를 통과하지 않고 터미널 밖으로 나갈 수 있었다. 말 그대로 밀입국이 가능하다는 이야기다.

문제는 손님의 이동 동선 안내는 항공사의 의무로 규정해 놓고 있기에 항공사가 직원을 고용해서 여기저기를 막고 위키위키셔틀버스를 탈 수 있게 손님을 안내해야 한다는 것이었다. 그 상황이 처음엔 이해가 가지 않기도 했지만 벌금 때문에 사실 너무 신경이 많이 쓰였다. '왜 꼭 셔틀버스를 타야 하느냐. 난 저쪽으로 걸어 나가겠다'라며 우기시는 분들도 있었고, 몰래 빠져나가는 손님을 걸러낸 적도 한두 번이 아니었다. 승객 한 명당 수 천 불의 과태료가 부과될 수 있기 때문에 조심하고 조심했지만 역부족이었다.

그러는 와중에 JAL이 사용하는 동선 구분용 노란색 바리케이드를 발견하고 본사에 동일 제품의 구매를 요청했다. 처음엔 본사도 이해하지 못하고 왜 구매를 해야 하는지 계속 설명을 요구했다. 결국 수차례 사진을 첨부한 상황 보고서를 작성 후 예산을 지원받아 구매하였고 너무 그 바리케이드가 고마워 하단에 네임펜으로 몰래 영어 이름과 구입한 날을 기록해 두었다.

복귀 후 3년이 지나고 하와이를 다시 여행했을 때는 뒤늦은 격벽 공사가 마무리되어 더 이상 바리케이드가 필요가 없어 보였지만, 탑승 직전 게이트 멀리 한 켠에 서 있던 낯익은 노란색 물체가 눈길을 끌었다. 혹시나 하는 마음에 슬쩍 다가가 보았더니 먼지 사이로 내가 적어 놓았던 글씨가 보였다. 오랜 친구를 만난 듯 너무 반가워 급히 같이 셀카를 찍었다.

'고마워! 너 때문에 한 번도 벌금을 낸 적이 없어. 내 친구 노랑 접이식 바리케이드야!'

하와이 공항을 믿지 마!

겨울철에는 골프여행객들이 많다. 5~6월과 9~10월은 신혼여행객이 많지만 겨울철엔 가족여행객들이나 대학생 연수단, 다단계 판매원, 골프 단체 여행객들의 여행이 이어진다.

그날도 참으로 많은 골프백을 수속했었다. 비행기도 문제없이 잘 나갔다. 그런데 다음날 모 지점에서 연락이 왔다. 일본 손님 중 한 분의 골프백이 도착하지 않았다는 내용이었다. 정말 수일 동안 모든 곳을 다 뒤졌다. 나 또한 직접 수하물 지역을 뒤지고 여기저기 항공사에도 혹시 가지고 있는 게 있는지 모두 연락을 해 보았다. 그래도 결국은 찾지를 못하여 보상절차를 진행할 수밖에 없었다.

특히 모 지점과 손님께도 죄송했던 것이 그 골프백이 일반인 것이 아니라 약간은 인지도가 있는 선수의 골프 클럽이었고 상당히 고가의 장비였다는 점이었다. 대회를 손에 익지 않은 골프채로 출전해야 하는 고충의 보상을 요청하는 등 불만이 엄청나게 쏟아지고 소송까지 이어질 수도 있다는 말에 속이 타 들어갔다.

그 일이 있은 한 달 후, 지루한 협상 끝에 일정 금액을 보상하기로 협상이 완료되었다는 소식을 듣고 안도하고 있던 와중에 United Air 수하물 팀에서 연락이 왔다. 이윽고 수하물 담당 직원이 사무실을 벗어나더니 몇 개의 먼지 묻은 가방과 골프백 한 개를 카트에 싣고 돌아왔다. 바로 그 골프백이었다.

통상 대형 가방OOG, Out of Gauge은 별도로 분류하여 대형 카트에 실어서 화물용 엘리베이터에 싣고 수하물 지역으로 내려보냈는데, 문도 없는 낡은 화물용 엘리베이터가 수하물을 적재 후 내려가다가 가방들이 엘리베이터 바닥으로 떨어지면서 오랫동안 쌓여 왔다는 것이다. 결국 너무 많이 쌓여서 더 이상 엘리베이터가 움직이지 못하는 상황까지 발생하자 수리 기사가 안쪽으로 들어가서 고장 수리 중 떨어져 있던 여러 항공사의 수십 개 가방을 끄집어 낸 것이었다.

그러고 보니 거의 1년 전에 잃어버렸던 가방도 거기에 포함되어 있었다. 고민도 하지 않고 바로 골프백을 찾았다는 낭보를 모 지점에 전했다. 그러나 돌아오는 반응은 "그렇게 쉽게 찾을 수 있었던 걸 왜 여태껏 찾지 못한 거지요? 정말 열심히 찾아 본 거 맞아요? 이미 보상해 주기로 했는데 골프백 돌려주면서 뭐라고 설명합니까?"였다. 그럼 찾아 놓고도 못 찾았다고 거짓 말해야 했었나?

갑자기 며칠 걸러 한 번씩 본사에서 리포트가 접수되었 다는 말이 들려왔다. 물에서 냄새가 난다는 승객들의 불만이 비 행 중 발생했고 직접 맛을 보거나 냄새를 맡아보니 정말 기름 냄 새나 오물 냄새가 나는 듯한 느낌을 받았다는 내용이었다. 한두 번도 아니고 자꾸 리포트가 올라오니 본사에서는 현지 물 공급 사정에 대해 조사해 보라는 지시가 내려왔다.

호놀룰루 국제공항의 급수 시스템은 항공기에 접현되어 손님들이 탑승 및 하기가 이루어지는 탑승교 하단에 식수 호스 가 설치되어 있고, 조업 직원이 그 호스를 항공기에 부착한 후 수도꼭지를 여는 방식이었다. 즉시, 냄새를 맡고 맛도 보았지만 별문제 없어 보였다. 그래도 혹시 몰라 조업 직원의 체크리스트 에 약 5~10분 정도 물을 그냥 흘려보내고 난 후 급수를 하라고 지시하였다.

한두 달 괜찮더니 또 리포트가 접수되었다. 결국은 공항 당국에 확인하고 심지어는 한국에서 공수 받은 채수기에 물을 담 아 한국으로 보내 수질검사까지 받았다. 여기저기 아는 외항사 지점장을 통해서 물어보니 호놀룰루 국제공항의 수도 배관이 너무 낡고 교체를 하지 않아 냄새가 나거나 이물질이 섞여 있는 경우도 가끔 보았다고 자신들의 경험담을 알려주었다. 그 이후로 본사에 관련 내용을 보고했고, 커피 등 모든 음용수는 생수를 제공하는 것으로 절차 개선을 추진하겠다는 회신을 접수했다.

그 밖에도 재 취항 후 2년이 지난 시점에 뜬금없이 터미널 출, 도착 전광판에 과거 회사의 구형 마크가 등장하기도 했고, 보딩이 완료된 후 날아다니는 대형 바퀴벌레가 탑승권도 없이 몰래 탑승하는 순간을 수없이 잡아내기도 했다. 또한 탑승교의 고장으로 인해 전략경영 세미나에서 도착하던 날 타고 있던 항공기의 문을 열 수가 없어 도착 후 30여 분 동안 대기하면서 손님들에게 직접 외부 상황을 설명드리기도 했었다.

입국 심사대로 향하는 셔틀버스의 고장으로 도착한 손님들을 1시간여 대기하게 만들기도 했고, 그 와중에 어린아이가 용변이 급해 이동 동선을 이탈하여 화장실을 가게 되면 밀입국이 되기에 CBP 직원에게 어린이의 화장실 사용 만이라도 허락해 달라고 했으나 거절당한 후, 구석에 있는 휴지통에 소변을 보게 하는 참사도 발생했다.

수하물 벨트도 셀 수없이 고장이 나서 가방들을 찾아 헤매기 일쑤였고, 엘리베이터와 에스컬레이터는 거의 매일 멈추어 있어서 허벅지가 튼튼해져 갔으며, 사무실 바닥에 갑자기 물이 차올라서 확인해 보니 에어컨 고장으로 비어있던 사무실의 물이 넘쳐흐르고 있어 직접 직원들과 그 사무실의 물을 퍼 나른 적도 있고, 자주 거대한 쥐가 출몰하여 여직원들의 퇴직을 걱정해야만 했다.

그리고 인터넷 환경이 좋지 않아 시스템 다운은 왜 그렇게 많이 되는지, 매뉴얼 수속을 여러 차례 준비하다가 마지막 순간에 접속이 되어 미친 듯 수속을 진행한 적이 있고, 화장실에 물이 나오지 않아 손도 못 씻고 물티슈로 대충 닦아 내야 했으며, 정전으로 유일한 공항 내 직원 식당이 문을 열지 않아 눈물 젖은 15불짜리직원 할인가 햄버거로 끼니를 때운 적이 수차례였다.

이렇듯 모두 다 적어 내려가기엔 팔이 아플 정도로 거의 매일 공항의 노후화로 인한 문제가 발생했다. 그래도 현지 사람들은 늘 느긋했다. "여긴 늘 이래 왔어. 너무 안달 내지 마. 그냥 이게 일상이고 좀 익숙해지라고." "네네. 저는요. 성미 급한 한국 사람이거든요. 그러니깐요. 여기선 속 답답해서 못 살겠어요. 한국에 돌아가고 싶어요. 마할로."

참고로 이 공항은 몇 년 전 'Daniel. K. Inouye Intl. Airport'로 엉뚱하게 이름이 바뀌었다. 이름이 바뀌었으니 공항도 좋아졌기를 바라본다.

라운지 트라우마

부임 후 약 3개월이 지나서 아직 AOA Badge 발급 전이었다. 사무실에서 꼼짝 못하고 앉아 있는데 전화벨이 울렸다. "당신 지점장이야? 당신 내가 가만두지 않을 거야! 당장 한국으로 소환될 테니 그렇게 알고 있어!" 뚜뚜뚜… '이거 무슨 소리지? 잘 못 걸려온 전화 아닐까?'

다시 전화벨이 울리자 바로 수화기를 집어 들었다. "내가 정말 이런 사람 아닌데 너무 화가 나서 당신에게 거니깐 이해하고 그냥 듣기만 하시오. 나를 이렇게 취급했으니 당신네 회사 가만두지 않을 거야!" 뚜뚜뚜… "손님 어디 계세요? 제발 어디 신데요? 제가 무슨 일이지 모르겠지만 가서 설명드리겠습니다." "당신이 알아서 찾아봐." 뚜뚜뚜….

그런 전화를 여러 번 받고, 당황해하는 직원들을 독려해서 여기저기 그 손님을 찾으러 다니게 했다. 드디어 면세지역에서 그 손님을 찾았다는 이야기를 듣고 Escort Badge^{AOA Badge}를 발급받은 직원이 인솔을 할 수 있는 임시 카드를 달고 면세지역으로 들어갔다. 얼핏 보아도 화가 난 얼굴을 한 중년의 남성이 보였다. 같이 간 직원이 설명하려 들자 그 여직원의 팔꿈치 부분을 밀쳐내며 화를 냈다.

참고로 한국도 마찬가지지만 미국에서 불만을 제기하더라도 절대 직원의 몸에 손을 대면 안 된다. 불만의 진위 여부와 상관없이 그 독수리 여권을 가진 직원이 당신을 미국 법원에 세워버릴 수도 있기 때문이다. 그리고 천문학적 소송 비용을 감당할 자신이 없으면 평생 더 이상 미국 여행은 꿈도 꾸지 말아야 한다.

역으로 화가 난 직원을 달래어 뒤로 물리고 내가 직접 응대를 시작했다. "손님 무슨 일이신가요? 제가 설명드릴 수 있으니 말씀이라도 해주십시오."

신입이었던 조업 직원의 실수로 하이티어의 그 손님께 그만 라운지 위치를 제대로 설명드리지 못했고, 그분은 약 30여 분간 공항 이곳저곳을 헤매다가 한국 국적의 타 항공사 직원의 도움으로 간신히 라운지 위치를 찾았으나, 화가 이미 머리끝까지 난 상황에서 그 경쟁사 직원에게 부탁하여 우리 사무실 전화

번호를 알아내서 내게 전화를 걸었던 것이다.

무조건 죄송하다고 말씀드렸다. 다 내 잘못이다. 직원들 대상으로 재교육을 실시하고 보완책을 마련하겠다. 그러나 이미 화가 난 그 손님에게 그 소리가 귀에 들어올 리가 만무했다. 출발시각이 다가오는 동안 호놀룰루 국제공항의 면세지역 한복판에서 지나가는 외국인들이 쳐다보는 가운데 난 정말 큰소리의 욕을 먹었다. 심지어 "당신 같은 사람들 때문에 우리나라가 일본의 식민지가 되었던 거야!"라는 소리까지 들었다.

기내까지 따라 들어가 캐빈 매니저께 상황을 인계해 드린 후, 항공기 문을 닫기 전까지 계속 사과드리고 정성껏 응대를 하였다. 옆에 계신 부인도 그만하라고 말리고 본인도 이제 실컷 퍼부었다고 생각했는지 명함을 한 장 건네어주며 건강히 잘 지내라는 덕담 아닌 덕담으로 혼자만의 마무리를 하였다.

그 이후로는 라운지 지도를 축소 복사하여 일일이 가위로 잘라서 수속 카운터에 비치한 후, 모든 라운지 손님께 사용 설명과 함께 배포해 드리는 방식으로 보완책을 마련하였으나, 라운지 위치 설명에 대한 트라우마는 귀임 시까지도 지울 수가 없었다.

30년된 백택

그날은 정상적으로 수속을 진행하며 수하물 벨트에 짐들을 올리고 있었다. 미국 공항은 한국의 최첨단 공항처럼 카운터에 앉아 있는 수속 직원이 Bag Tag을 붙이고 페달을 밟아 메인 수하물 벨트로 가방이 넘어가게 하는 방식이 아니라, 손님이 무게 측정을 위해 저울에 올린 짐을 수속 직원이나 조업사 직원이 바닥에 내려놓고 육안 검사를 한다. 그 후 다시 Tagging을 하고 전문 조업사 직원이 수하물 벨트에 올리는 방식으로 되어 있었다.

이해하기 어려운 방식이지만 나중에 들어보니 수속 직원들의 건강보험이 저울에서 짐을 내려놓을 때까지만 적용된다는 말을 들었고, 공항 내 타 항공사들도 다 그렇게 하고 있는 것을 보아왔기 때문에 이내 당연한 방식으로 받아들였다.

　　사설이 길었다. 수속 직원이 30대 후반으로 보이는 남녀 일행을 수속하며 가방들을 바닥에 내려놓았는데 약간은 낡아 보이는 가방 하나가 눈에 띄었다. 개인적으로 지점장이 뒷짐지고 서 있거나 대기라인에서 손님을 카운터로 안내하는 것만 담당하는 것이 맘에 들지 않았기에, 난 늘 카운터 뒤에 서서 불만 어린 표정을 짓고 있는 손님을 간파하여 외국인 조업 직원을 대신해 한국어로 응대 드리기도 하고 가방도 옮겨주며 수속을 독려하는 방식을 취하고 있었다.

　　그날도 어김없이 그 눈에 띄는 가방을 뒤로 옮기며 자세히 보니 아주 오래되어 보이는 일본계 항공사의 Bag Tag이 붙어 있는 게 아닌가. 신기하기도 하고 호기심도 발동하여 이리저리 확인 후 손님께 오래된 택을 제거하는 것에 대해 양해를 구하고 혼잣말로 "우와 되게 신기하네. 이 택 아마 30년은 된 것 같아"라고 중얼거렸다.

　　그러고는 평상시와 다름없이 그 손님 일행은 카운터를 떠났다. 떠난 지 약 5분이나 되었을까? 그 가방의 주인이었던 여자 손님께서 카운터로 다시 다가오더니 나를 손가락으로 가리키며 "그게 무슨 소리예요? 생각해 보니 열받네. 내가 정말 30년 동안 한 번도 해외여행 못 해본 사람으로 보여요?"

　　너무 당황해서 얼굴까지 새빨갛게 달아올랐다. "손님 제가 그런 의미로 이야기를 한 건 아니고요. 너무 오래된 택이라 현재의 저희 회사 수하물 택과 비교도 할 겸 떼서 자세히 보았던 거예요. 그리고 어차피 구형 택은 반드시 제거해야 합니다. 그래야 수하물 분류가 명확히 될 수 있어요."

　막무가내였다. 카운터 앞에서 고성을 지르는 바람에 직원들은 경찰을 부르려 했고 난 손짓으로 막았다. 비즈니스석 카운터에서 아기를 안고 수속을 진행하시던 다른 손님 일행이 역정을 내며 그만 소리 지르라고 이야기를 할 정도였고, 그 손님과 불만 손님의 말다툼까지 벌어질 양상으로 전개가 되었다. 어떻게든 상황을 종료해야 할 것 같았다.

　목에 건 나의 사원증을 한 손으로 쥐어 들고 사진을 찍은 후 거의 내팽개치다시피 내던져버리는 그분에게 "죄송하다. 혼잣말이라고 해도 하지 말아야 할 말을 한 것 같다. 정말 진심으로 사과드린다"라는 말을 반복했다. 창피하기도 했지만 그냥 그래야 할 것 같았다. 이미 오해로 흥분해 있는 손님 앞에 무슨 말이 통하겠는가. 진정 어린 사과 외에는 방법이 없다는 걸 본능적으로 느낄 수 있었다.

　면세지역에서 만난 그 손님은 일행들의 조언 등을 통해 상당히 누그러들어 있었다. 옆에 있던 한 일행분께서 "이 친구 원래 다혈질이에요. 너무 신경 쓰지 마세요. 제가 대신 사과드릴게요"라고 농담을 건네주시는 바람에 웃으며 그 자리를 떠날 수 있었다.

　　그런 의미가 아니어서 좀 억울하긴 했지만, 그 후 난 다시
는 손님 앞에서 혼잣말이라도 그런 쓸데없는 이야기는 하지 않
고 "알로하, 마할로"만 반복하거나 유쾌해 보이는 손님들에게만
가벼운 농담으로 여행의 재미를 더 느끼실 수 있게 서비스 체질
을 변경하였다.

I'm Sorry

'I'm Sorry'에는 크게 두 가지의 의미가 있다. 하나는 '미안합니다', 또 하나는 어려운 일이나 슬픈 일을 겪고 있는 상대방에게 '유감입니다'라는 표현이라고 교과서에서 배웠다. 그 두 번째 의미를 미국에서 직접 학습할 수 있는 기회가 올 줄은 몰랐다.

중년의 손님을 정상적으로 수속하고 라운지 안내도 잘해드렸는데, 라운지 이용 중 갑자기 다시 보안검색대를 역으로 통과해 카운터로 돌아 나와 지점장을 찾으셨다. 응대를 드리자 라운지 안내 직원의 불친절함을 설명하며 그 직원에게 서비스 교육이 필요하다고 강력히 주장하셨다.

라운지의 직원은 우리 항공사 직원이 아니고 외항사 직

원으로 미국 공항에서는 사용료를 지불하고 United Air 라운지를 빌려 쓰는 형식이라 말씀해 주신 부분은 충분히 이해되지만 우리가 직접 나서서 서비스 교육을 시키는 것은 어렵다고 정중히 답변드렸다. 다만, 향후 개선을 위해서 해당 항공사에 동 내용이 전달되어 서비스 품질을 제고할 수 있도록 회사 차원의 공식 메일을 발송하겠다는 말도 덧붙였다.

그러나 그 손님은 무조건 나와 직원이 동행해 들어가서 외항사 직원의 사과를 들어야만 한다는 것이었다. 고민이 되었다. 외국계 항공사 직원에게 영어로 "당신 우리 손님에게 사과해!"를 어떻게 할 것인가. 그러다가 어쩔 수 없이 이미 친분이 있는 그 직원에게 일단 사과하는 모습이라도 보여달라는 부탁을 했고 그 직원은 사정을 듣더니 웃으며 수락해 주었다.

라운지 앞에서 외항사 직원, 나, 직원, 손님 4명이 빙 둘러섰다. 직원이 손님의 말을 하나하나 통역해 나갔다. 그렇지만 너무 격앙된 문구는 순화해서 통역을 했다. 차분히 듣고 있던 그 외항사 직원이 한마디 던졌다. "아임 쏘 쏘리 투 히얼 댓그렇게 힘드셨다면 유감이네요."

그러자 불만 손님은, "거봐요. 거봐요. 내가 그랬잖아요! 외국인들도 서비스 교육을 시키면 이렇게 무조건 미안하다고 사과하잖아요! 내가 다 알아듣는다고요. 아임 쏘리! 그럼 내 말 통역하세요. 앞으론 친절하게 서비스 잘 하길 바란다고. 그리고 미국에서 고생 많다고요."

그렇게 상황은 종료되었고 그 외항사 직원에게 한국의 항공사 서비스 수준을 재차 강조한 후 돌아 나왔지만 우리 모두는 씁쓸하게 웃을 수밖에 없었다. 그리고, 그날 난 대학시절 영어영문학을 전공하면서도 완벽하게 이해하지 못했던 'I'm sorry.'의 또 다른 의미를 명확하게 알게 되었다.

손님, 업그레이드는 안돼요

비행기 도착 전 종합통제를 통해 연락이 왔다. 하와이로 오는 항공편의 10A 손님 불만이 심하니 지점장이 직접 응대 드리고 잘 모셔야 한다는 내용이었다. 간혹 발생하는 일이기에 별로 신경 쓰지 않고 항공기 문이 열리기를 기다렸다.

얼굴이 벌겋게 상기된 캐빈 매니저가 목소리를 떨며 더듬거리는 목소리로 "이미 들으셨죠? 이분이십니다" 하며 신혼여행 부부를 인계하였다. 부인은 키가 큰편에 약간은 날카로워 보이는 인상이었는데 남편은 조용히 계셨으나, 그 여자분은 일단 나지막한 소리로 "공항 지점장님이시죠? 명함 주세요. 일단 저 여행해야 하니까 갈 때 이야기해요." "네 여기 있습니다. 여행 중에도 필요하신 일 있음 언제든 연락 주세요. 출국하실 때 뵙겠습니다."

그제야 캐빈 매니저로부터 불만에 대한 이야기를 자세히 들을 수 있었다. 신혼여행 부부는 먼저 15번대 줄에 좌석 배정이 되었는데 식사 시간이 되자 여자 손님이 등받이의 식사 트레이를 내렸고, 트레이의 청소 상태가 좋지 않았던 모양이었다. 특히 한켠에 기내에서 제공되는 비빔밥에 곁들이는 고추장이 아주 조그마하게 말라붙어 있었던 모양이고, 손님은 즉시 자리를 옮겨줄 것을 요청하여 선호 좌석인 10A로 옮겨드렸으나 인근에 있던 유아의 울음소리가 시끄럽다며 추가 불만을 제기하였다.

엎친 데 덮쳐 좌석에 놓여 있던 기내 헤드폰의 스펀지 부분이 살짝 뜯어져 있던 것도 손님의 불만을 가중시켰다. 즉시 비즈니스석으로 업그레이드해 달라는 요청을 캐빈 매니저에게 4~5시간 동안 끊임없이 제기하여 도저히 응대가 불가능하여 공항 지점으로 인계된 것이었다.

한국으로 귀국하는 날이 다가오자 직원들 브리핑에서 수차례 강조했다. 중간석 정도로 배정해 드리되 원하는 좌석이 있으시면 최대한 가능 범위 내에서 제공할 것. 그리고 그 좌석을 워키토키로 공유해서 반드시 해당 좌석을 먼지 한 톨 없이 깨끗하게 청소할 것. 캐빈 매니저에게도 다시 재차 강조를 하고 수속 시에도 베테랑 직원을 지정하여 그쪽으로 유도하여 응대에도 최선을 다하도록 했다.

그러나, 손님은 결국 나를 찾으셨다. "좌석 업그레이드는 왜 안 해 주시는 거죠? 수없이 이야기했는데 제 말은 무시하는 건가요? 제가 정말 어떤 사람인지 모르시나 본대 진심으로 당신네 회사 본사에 찾아가 1인 피켓 시위라도 할 수 있는 사람입니다. 조용히 이야기할 때 비즈니스석으로 업그레이드해주세요."

"진심으로 죄송합니다. 지점장이라고 하더라도 업그레이드를 할 수 있는 권한은 없습니다. 아무리 말씀하셔도 안되는 건 안되는 겁니다. 다시 말씀드리지만 좌석을 잘 배정 드리고 최선의 서비스를 제공 드릴 수는 있지만 업그레이드는 불가능합니다. 본사에 요청을 해도 안될 것이므로 지점의 서비스가 만족스럽지 않다면 정식으로 VOCVoice Of Customer를 접수하세요."

나는 거의 한 시간 이상 단 한 명의 다른 손님도 뵙지 못하고 짜증을 섞어내며 끊임없이 좌석 업그레이드를 요청하는 손님에게 붙잡혀 있을 수밖에 없었고, 옆에서 있던 젊은 신랑은 한마디도 하지 않고 있었다. 결국 끝까지 물러섬이 없자 그녀는 포기 아닌 포기를 하고 떠나갔고 VOC가 접수되면 자세한 리포트를 제출코자 기다렸지만 아무런 일도 일어나지 않았다.

지금도 그 부부가 잘 살고 있을지 너무나 궁금하다.

깁스와 비상구

개인적으로 홍보팀은 근무해 보고 싶지 않다. 필자가 근무했던 노사협력팀도 대다수가 기피하는 부서이지만 홍보팀도 기피 대상에 들어갈 여러 요소를 가지고 있기 때문이다. 기자를 만나 억지로 대낮부터 술을 마셨다, 소규모 인터넷 신문부터 지방신문 기자까지 취재 질문을 이어가며 회사의 약점(?)을 빌미로 괴롭힘을 당했다 등의 이야기를 수없이 들어봤기 때문이었다.

출근 후 사내 인트라넷을 연 순간 홍보팀 직원의 메일이 눈에 들어왔다. 모 유명한 언론사의 기자인데 신혼여행을 하와이로 가니 올 때 잘 모셔 달라는 내용이었다. 홍보팀을 도울 수 있는 일이라면 당연히 최대한의 도움을 주어야만 했다. 그 손님에게 비상구 좌석을 배정하였다.

비상구 좌석의 배정 기준은 만 15세 이상의 한국어나 영어로 의사소통이 가능해야 하며 비상구나 탈출용 조작 장치에 대한 접근을 위한 두 손 및 양다리의 민첩성이 충분해야 하며, 비상 탈출 시 캐빈승무원의 안내 하에 승객들의 탈출에 적극적인 도움을 주어야만 한다.

수속 카운터에서 직원이 해당 내용을 친절히 설명 후 보딩 패스까지 정상적으로 발급되었고 라운지 쿠폰도 제공하고 Gold Lane 도장까지 나름 친절히 찍어드렸다. 그런데 탑승 후 문제가 생겼다. 신부가 손목에 작은 깁스를 하고 있던 것이 캐빈승무원의 눈에 띈 것이다. 캐빈 매니저는 자리를 옮겨드리겠다고 했고 수차례 비상구석의 배정 기준을 설명했으나 거부당했고 결국 호출 당했다.

"안녕하세요. 말씀 많이 들었고 최선을 다해 좋은 자리로 배정 드리고 싶었지만 비상구석은 외관으로도 건강 상태에 문제가 없으셔야 합니다. 아마 저희 수속 직원이 손님께 여쭈었을 때 문제없다고 하셔서 미처 깁스를 하셨는지 확인해 보지 않고 비상구석을 배정 드린 것 같아요. 죄송합니다만 지금이라도 레그룸이 유사한 좌석인 벌크석으로 옮겨드릴 테니 이동을 부탁드리겠습니다."

실랑이가 계속되었다. 출발 직전의 주변 승객들의 짜증

스러운 눈빛에도 아랑곳하지 않고 깁스 한 손목으로도 얼마든지 비상탈출 시 문을 열 수 있다는 등 끈질기게 고집을 부렸다. 항공기 지연이 예상되는 상황에서 결국 설득을 포기하고 기장님께 자세히 설명드린 후 출발 후 조치하겠다는 말씀을 듣고는 문을 닫을 수밖에 없었다.

찾아보니 그 신혼부부는 하와이 도착 시 비상구석이 아니라 벌크석에 앉아 왔기에 사무실 복귀 후 홍보팀 직원에게 전화를 걸어 상황을 설명했다. "죄송합니다. 지점장님. 그분 저희에게 강하게 요청을 해서 최대한 티켓도 할인가로 제공해 드렸고 라운지와 벌크석까지 제공 드렸는데 인천국제공항에서도 말도 안 되는 요구로 힘들게 하더니 올 때도 그렇게 억지를 부리셨네요. 제가 대신 사과드립니다."

하와이를 향하는 비행기에서도 벌크석에 앉아와 놓고, 또한 거의 무료로 비행기를 타고 인생의 새로운 출발을 하는 길에서도 어찌 그렇게 젊은 친구들이 뻔뻔스러웠을 수 있었을까. 만약에 사석에서 만난다면 그렇게 살지 말라고 인생 선배로서 호통을 쳐주고 싶었다. 몰염치와 철면피로 시작한 신혼여행에서 둘만의 장밋빛 미래를 약속한다면 그건 불공정이 아닐까.

그러나, 그들의 업무 강도는 상상을 초월할 수준이며, 실력에 비해 경제적인 보상이 부족하여 발생한 사건이라는 것을 잘 알고 있으며 나 또한 아직도 '기자'라는 직업에 대한 선망이 일부 남아 있음을 첨언한다. 분명, 대다수의 그들은 사명감을 가지고 지금 이 순간에도 현장에서 대중의 알 권리를 위하여 발로 뛰고 있을 것이다. 그들의 투철한 직업 정신과 정신력에 박수를 보낸다.

아기의 미소

　　한참 신종플루가 유행하던 시절 한 손님이 카운터에서 큰소리를 냈다. 아기가 하와이로 오는 비행기 안에서 신종플루에 감염되었고 현재 타미플루를 처방받아 복용하고 있지만 5일이 되지 않아 전염성이 있는 단계라는 걸 마지못해 밝히며 한국으로의 복귀를 희망했다.

　　장시간 탑승 불가를 설명드렸으나 여의치 않았고 당직 근무를 서고 있던 본사의 간호사의 의견을 덧붙여 지속 설명을 드렸으나 "이 회사 비행기에서 옮았으니 우리도 타고 가면서 다른 사람에게 전염을 시켜도 잘못 없지 않나요?"라며 아기 아빠의 억지는 수그러들지 않았다.

　　땀을 흘리며 하와이로 오는 비행기에서 옮았다고 볼 명

확한 증거도 없는데 어찌 그런 말씀을 하시느냐, 열꽃이 피어 안쓰러운 모습의 아기의 건강을 위해서라도 오히려 더 타미플루의 복용 기간을 명확히 지키고 한국으로 복귀하시는 게 맞다고 말씀드려도 계속 똑같은 말을 반복하셨다.

결국 한국에서 취침 중에 있던 유관 팀장님께 전화를 드려 사정 설명 후 직접 통화를 하실 수 있게 조치를 취했고, 전문가의 의견을 상세히 들은 후에야 맘을 접고 며칠 후 귀국편으로 모실 수 있었다. 다행히 치료가 잘 진행되었는지 환한 미소로 옹알이를 하는 아기를 보고 있자니 얼마나 흐뭇한 마음이 들었는지 모른다. 기내에 아기 바구니Bassinet 설치를 도우며 아기와 눈을 마주치고 잠시 웃었다.

가방은 제발 32Kg 까지만

한 대만 국적의 여자 손님이 커다란 기타를 들고 탑승을 원하셨다. 크기가 기내 반입이 가능한 사이즈를 넘어서 보였기에 정확히 줄자로 재서 반입 불가능함을 설명드리고 게이트에서 직원이 받아 안전하게 벌크 칸에 탑재를 하겠다고 말씀드렸으나 끝까지 기내로 가져가겠다고 하셨다.

정말 거의 2시간을 그 손님과 실랑이를 하였고 결국 우리 비행기를 타지 않고 타 항공편을 이용해 한국 귀국 후 지점에 장문의 불만 레터를 보낸 적이 있어 황당한 적도 있다.

수하물 무게 초과로 인한 불만은 거의 매일 발생했다. 어떻게 들고 왔는지 40Kg를 초과하는 짐을 혼자 두 개나 들고 오셔서 초과 수하물 비용을 지불하지 않고 무조건 탑재해 달라는 경우는 허다했고, 소리를 지르며 가방의 리팩킹을 거부하고 타사는 다 받아 주는데 이 항공사는 왜 안 해 주냐며 억지를 쓰고, 끝까지 물러서지 않으면 리팩킹 후 무게 초과로 남은 짐을 몇 달 후에 찾아가겠다며 사무실에 맡아 달라고 요청하기도 했다. 이러한 손님에게는 이길 수 없다. 결국 땀에 전 유니폼과 함께 한 평 남짓의 창고에 짐을 놔둘 수밖에 없었다.

우리가 서 있는 카운터의 아래쪽, 보이지 않는 곳에서 땀을 흘리며 가방을 옮기는 조업 직원들은 하루 종일 몇백 개의 가방을 컨테이너와 기내에 옮겨 실으며 허리가 다 망가져간다. 그들과 퇴근 후 파스 냄새나는 치맥을 함께 해 보았기에 그 애환을 안다.

제발 건장한 성인 남자가 들어봐도 들기 힘들 정도의 무게, 통상 32Kg 이상이라면 특수 수하물로 간주될 수 있으니 초과 비용을 내더라도 한계점 이상으로 짐을 싸지 않았으면 좋겠다.

러시아와의 악연?

철마다 여행을 오는 러시아 가족이 있었다. 그들은 KHV 하바롭스크에서 인천국제공항을 거쳐 하와이로 오곤했는데 모두 비즈니스석에 가방은 Rimowa에 몸에는 금붙이들이 많이 걸쳐져 있었다.

그 가족들은 늘 카운터 마감시간 직후 공항에 도착하는 나름의 루틴이 있었다. 두어 번은 어렵게 수속을 해드리며 다음 번엔 늦지 않게 오시라고 말씀을 드렸음에도 불구하고 그날은 수속 마감시간을 30분이나 넘겨 도착했다. 항공기 지연을 시키지 않는다면 탑승이 불가한 시간이었기에 여행이 불가함을 안내드렸다.

"손님. 가족들과 여행하시는데 불편한 상황이시겠지만

누차 말씀드렸듯이 마감시간이 훨씬 지난 시간에는 탑승이 불가능합니다. 죄송합니다만 내일 항공편으로 여행하셔야 할 것 같습니다." "당신 말고 당신보다 더 높은 사람 나오라고 해요." "저는 회사를 대표해서 나와 있는 지점장이므로 현지에 저보다 높은 사람은 없습니다."

규정을 프린트해서 보여드리고 수없이 반복해서 설명을 드려도 강한 불만을 제기하셨다. 그러고는 나에게 "이러면 곤란해요. 탑승 거부에 대해서 공식적으로 문제 제기를 하겠습니다." "네. 그렇게 하십시오. 대신 한 마디만 덧붙이면 내일도 마감시간 후에 나오시면 또 탑승이 불가능할 테니 진심으로 일찍 나오시길 권유 드립니다."

사실 속으로는 겁이 났다. 하지만, 직원들 앞에서 원칙을 지키는 리더로서의 모습을 보여주고 싶기도 했고 그간 Late Show-Up 손님들로 인해 여러모로 너무 힘들었던 터라 끝까지 고집을 꺾지 않았다.

러시아 가족 일행은 다음날 카운터 마감시간 30분 전에 공항에 도착했고 최대한 친절히 모셨다. 그러나 주재 기간을 마감하는 시점까지 그들을 다시 볼 수 없었다.

Anger Management와 슬픈 회항

인천국제공항에서 겪은 에피소드도 있다. 당시 모 항공사는 B767 항공기로 북미의 장거리 구간 데일리 운항을 하고 있었으며 거의 매일 같이 만석 인터라 승객들 사이에 Overhead Bin 공간을 먼저 차지하고자 하는 눈치싸움이 치열했었다. 그날 난 해당 항공편에서 FDM^{Flight Deputy Manager} 역할을 수행 중이었고, 기내 앞에서 여기저기 손님을 살피고 Overhead Bin의 가방들이 안전하게 놓여있는지도 확인하고 있었다.

통상 국적기에서는 승무원들이 승객들 짐을 올리고 내리는 것을 도와드리지만 그 항공사의 캐빈승무원은 그런 요구를 받으면, "내가 왜 해야 해? 당신이 직접 해. 난 안전 보안 요원으로 탑승한 거지 당신 가방 들어 주려고 여기 있는 거 아니야"라고 빠른 영어로 대답하곤 했다.

　그날도 유사한 상황이 이어졌고 중복 좌석을 해결하기 위해 직원 한 명이 기내에 들어간 순간 승객 한 분의 도움을 요청받았다. 아기 엄마인데다가 무거운 가방을 들고 계셨기에 직원은 이미 꽉 차버린 Overhead Bin의 중간에 놓여있던 면세품 봉투를 옆으로 밀어 간신히 공간을 만들어 백팩을 올려서 넣어 드리고는 뒤로 돌아서는데 한 중년 남성이 "왜 허락도 없이 남의 짐에 손을 대는 거야!"라며 소리를 버럭 질렀다.

　인근에 있던 나 또한 깜짝 놀랄 정도로 큰 목소리였다. 해당 직원은 놀랐을 테지만 차분하게 상황을 설명했음에도 그 승객은 다시 한번 크게 소리를 지르며 벌떡 일어나 면세점 봉투를 꺼내어 바닥에 내팽개쳤다. 어떻게 구입했는지는 모르겠지만 그 속에는 담배 3보루가 들어 있었는데 바닥에 쾅 하고 소리를 내며 내팽개쳐지는 바람에 근처의 대다수 승객들이 놀란 눈으로 그 승객을 바라보는 상황까지 이어졌다.

　직원의 안위가 걱정되어 나 또한 그쪽으로 이동하여 승객에게 진정할 것을 요청하였으나, 그 승객은 더욱더 큰 소리로 화를 내기 시작했고 이윽고 캐빈 매니저가 다가와서는 "뭐가 문제이신가요?"라고 물어보기 시작했다. 이제서야 제대로 된 자기 편의 도움을 받는구나 생각한 손님은 의기양양하게 "이랬어, 저랬어" 하고 통역을 거쳐 답변했다.

한국계 항공사에서만 근무해서인지 개인적으로는 그다음 장면이 완전 핵 사이다였다. "흠… 손님 Anger Management 가 안되시네요. 내가 기장님 모셔 올 테니 잠시 기다리세요."

잠시 후 기장이 나타나서는 승객과 몇 마디의 인터뷰를 진행했다. 그러고는 "캐빈 매니저 이야기가 맞네요. 손님 분노 조절장애가 있는 것 같으세요. 이런 상태로는 비행기 못 타십니다. 그러니 이제 그만하세요. 탑승 거부할 수도 있습니다."라고 단호하게 이야기했다.

그럼에도 불구하고 상황 파악이 안된 그 승객은 여전히 씩씩대며 고성을 질렀다. 드디어 기장이 마지막 통보를 했다. "잘 들으세요. 나 이 비행기 기장이고 최종 책임자입니다. 손님 가방 지금 내리라고 지시할 수 있고, 즉시 당신에게 하기를 요청할 권한을 가지고 있으니 진짜 마지막으로 한마디만 합니다. 지금 당장 직원들하고 다른 손님들께 사과하세요. 안 그러면 당장 공항경찰대를 불러서 나가게 할 겁니다!"

그제야 상황 파악이 된 건지 그 승객은 잠시 여기저기를 처다보며 분위기를 보더니 나에게 물었다. "진짜 내가 탑승 거부당하는 게 가능해요?" "손님. 주변 분위기 보세요. 지금 대한항공이나 아시아나 탄 거 아니고 외항사 타셨잖아요. 이 비행기에 그렇게 행동하시면 진짜 문제가 될 거예요."

결국 승객은 기어들어가는 목소리로 먼 허공을 응시한

채 "아임 쏘리." 외마디를 내뱉고는 말없이 창밖을 내다보았다. 곧 조용히 항공기 문을 닫고 출발한 건 당연한 수순이었다.

또 하나는 역시나 외항사 관련 이야기 인대, 이 에피소드는 불만 건은 아니지만 웃기기도 하고 슬프기도 한 이야기이다. 밴쿠버를 출발한 비행기가 얼마 비행하지 않은 상황에서 긴급히 출발지로 회항을 한 사건이 있었다.

내용인즉슨, 한 한국인 남성 여행객이 화장실을 사용했고 이어서 그 화장실을 사용한 중년의 캐빈 승무원이 밖으로 나와서 "오 마이 갓! 나 도저히 비행 못하겠어. X냄새가 너무 나서 어지러워. 나 일 못해"라고 말하자 기장이 그 이야기를 전달받고 즉시 회항을 결정한 것이다.

난 승무원 휴식시간 규정으로 인해 승무원 전원을 교체한 후 거의 24시간이 지연되어 한국으로 오고 있는 항공편의 인바운드에서 손님을 핸들링 하는 업무를 부여받았다. 부지런히 입국하는 손님들을 안내드리고 있는데 드디어 그 손님이 게이트 밖으로 나오면서 갑자기 우리 회사 유니폼을 입은 다른 여직원 앞에 서더니 울먹거리며 이렇게 하소연하시는 게 아닌가.

"아이고 반가워라 한국 사람. 내가 흑흑… 정말 흑흑… 얼마나 나쁜 짓을 했다꼬. 흑흑… 그냥 배가 아파서 화장실 한번 쓴 것뿐인데. 흑흑… 나를 무슨 죄인 취급하고. 말도 통하지 않아서 얼마나 답답했는데 이제 이렇게 한국 오니깐 너무 좋네. 다시는 외항사 안 타고 앞으론 우리나라 뱅기 탈래요."

섣부른 위로도 못하고 엉거주춤하게 서 있는 여직원의 옆에서 이런 생각이 들었다. '아이고. 그러게 한국 사람에게는 그저 말 통하는 국적항공사가 최고구나.'

BTS 말고 강남 스타일

의외로 젊은 신혼여행객분들도 영어를 잘 구사하지 못하는 경우가 많아서 창가석과 복도석을 표현하지 못하는 경우가 있었고, 그럴 때면 직원들이 간단한 여행 영어 강의를 진행하기도 했었다. 특히 직원들의 유창한 영어실력을 보고는 부럽다며 "미국에서 일하려면 어떻게 해야되요?"라고 물어보시는 분들도 있었다.

그럴 때마다 2개 국어를 자유자재로 구사하는 성실한 직원들이 다소 적은 급여로 열정 페이를 하고 있다는 불만을 가지게 될까 봐 노심초사하며, "한국에도 너희 같이 영어, 한국어를 모두 다 잘하는 직원들은 많지 않아. 정말 우리 직원들은 대단해!"라고 립 서비스 만으로 안심을 시키며 혹여 이직할까 봐 전

전긍긍할 수밖에 없었다. 그러나, 직원들은 속 좁게 생각하지 않고 오히려 회사에 대한 충성도와 자부심을 높일 수 있다며 좋아했다.

매일 운항을 시작하며 우리 항공사만의 시그니처를 갖고 싶었는데 마침 한국에서 서비스 교육 출장을 오신 모 차장님께서 수속 카운터 오픈 전 웰컴 인사를 하는 법을 알려주셨고, 한 단계 나아가 외국인 조업 직원들에게 한국어로 "안녕하세요. 아시아나항공편을 이용해 주셔서 감사합니다"라고 말하면서 고개를 숙이는 인사법을 가르쳐 주었다.

처음엔 한국 스타일의 인사법이 어색하고 부끄러워하던 외국인 직원들도 점차 익숙해지며 오픈 전 혼잣말로 연습을 하는 것을 보고는 얼마나 흐뭇했는지 모른다. 특히나 단체 관광을 오신 나이 지긋한 손님들은 대기 라인에서 인사를 받다가 같이 고개를 숙이고 인사를 해주시거나 큰 소리로 웃으며 "반가워요~ 안녕하세요"를 화답하며 박수를 치는 바람에 모두들 즐겁게 웃으며 그날의 수속을 시작하곤 했다.

특히 구정이나 추석에 "새해 복 많이 받으세요", "행복한 한가위 되세요"란 한국어를 외국인 조업 직원들에게 연습시킨 후 인사를 드리게 하면 손님들은 "우와~ 외국 분이 한국어를 너무 잘하시네요"라면서 다시 한국말로 질문을 던졌고, 그 다음부턴 나나 현지 B/S 직원이 직접 응대를 드려야만 해서 더욱 바빠진 적도 있었다. 특히 싸이의 강남스타일이 유행하던 시기에는 오히려 조업 직원들이 한국어의 다양한 표현을 스스로 익혀서 서비스에 응용하기도 했다.

외국에 나가면 모두 애국자가 된다고 했던가. 마음만 품어도 그렇게 칭해주는 것이 가능하다면 난 그 시절 애국자였다고 자부할 수 있다. 하와이 지역에 우리 회사뿐 아니라 한국의 위상을 높이고 싶었고 최상의 서비스와 한국어 서비스를 제공함으로써 손님들에게 만족을 드리고 싶었다.

덕분에 칭송 지수는 거의 최고치를 경신했고 VOC 카드를 슬쩍 가져가 카운터 옆에서 몰래 써서 건네주시는 손님들도 많았다. 또한 한국 도착해서 인터넷으로 접수해 주겠다고 약속한 손님들도 거의 모두 잊지 않고 바쁜 시간을 쪼개어 짧은 감사라도 표현해 주셔서 간혹은 국제전화로 직접 감사 인사도 드리기도 했고, 다음번에도 우리 항공사의 비행편을 이용해 주십사 부탁드렸다.

수하물 사고 지수는 선동열 투수 전성기 시절 방어율 수준을 이미 넘어섰었고, 탑재가 되어 오지 않은 수하물이 있으면 다음 날 직원이나 내 차로 밤늦게 North Shore 지역으로 직접 찾아가서라도 전달해 드리곤 했다. 그래야 회사 비용을 아끼고 불만이 칭송으로 바뀔 수도 있었다.

그리고 간혹 지연되어 들어오는 비행기를 안전하고 빨

리 돌려보내는 것도 회사의 해외 지점 통틀어 최고 수준이었다고 자부할 수 있다. 지연 도착편마다 나를 비롯한 전 B/S 직원과 수속 직원이 기내에 뛰어 들어가 청소 조업사 직원들이 빨리 일할 수 있도록 독려를 하고 같이 땀을 흘리며, 지연 출발을 1분이라도 줄이고자 노력하면서 1시간 30분의 표준공정시간을 가지고 있는 A330 항공기의 지상 대기 시간을 최고 48분 만에 Door Close하고 Push Back 하기도 했었다.

나중에는 좀 천천히 하라고 해도 자동적으로 몸이 움직인다며 직원들이 자진해서 청소를 돕고 케이터링, 급유, 정비 등 오케스트라 같은 일련의 지상 작업을 내 일처럼 도와주었다. 조업 계약 상 수속 및 손님 안내 등에만 국한된 수속 조업 직원들의 업무에 기내 청소를 더하는 것은 미국 현지 특성상 사실 힘든 일이라고 볼 수 있다.

원래 하와이안들은 거의 뛰지 않는다. 일을 위해 뛰는 습관이 몸에 밴 것도 대단한 일이었다. 그렇게 우리는 한 팀이었고 모두들 자발적으로 청소와 기타 여러 준비사항을 땀을 흘리며 수행하는 직원들이 너무도 고마웠다.

그 고마움에 조업사 연말 파티에는 꼭 참석하여 영업지점에 요청하여 받은 무료항공권을 Lucky Draw에 내어 놓고, 비행기 모형 등을 공수 받아 아낌없이 나누어 주었다. 마음씨 착한 조업 직원들은 엄청난 크기의 생일 케이크를 직접 만들어 오는

가 하면 미국 아줌마 직원은 너튜브를 보고 배워 한국식 물김치와 음식을 잔뜩 만들어와서 모두들 같이 나누어 먹기도 했다.

그들과는 사적으로도 저녁에 만나 같이 식사도 하고, 매직아일랜드에서 야유회도 즐기고, 풋볼 게임이 열릴 때면 하와이 스타디움 주차장에서 낮술을 하며 Tailgate Party풋볼 게임이나 콘서트 개최 전 주차장에서 픽업트럭의 트렁크를 열고 술과 음료를 즐기는 파티도 함께 했다.

나의 영어실력 또한 그들과 장난치며 웃고 떠들면서 발전할 수 있었다. 굳이 영어회화 학원을 다닐 필요가 없었다. 젊은 직원들은 약간은 느리고 사투리 섞인 하와이 발음이었지만 엄연히 Native Speaker였고 나에게 'Brain Fart머리가 멍해지다'와 같은 현실 영어를 가르쳐 주었다.

그들과 너무도 정이 들었고 특히 경쟁사의 스카우트 제의에도 의리 때문에 떠나지 않은 한국계 미국인 매니저와는 한국의 후배들보다 더하면 더했지 덜하지 않는 수준으로 우정을 나누었다. 나중에는 우리 직원이 없어도 조업 직원만으로도 항공편이 돌아갈 수 있을 정도로 관리를 잘 해주었다.

마지막 귀임 시에는 전체 조업 직원들과 B/S 직원들이 쉬는 날임에도 모두 출근하여 기념사진을 찍어주고 울먹이며 배웅해 주었고 여권과 보딩패스를 확인하는 보안 직원, 수하물 직원, 시스템 직원 모두 배웅을 해주는 바람에 나도 많은 눈물을 흘렸었다. 특히, 조업사 매니저는 항공기 문 닫기 바로 직전 나에게 "당신은 내 인생에 제일 존경스러운 멘토입니다"라고 말하며 큰절을 해 캐빈 매니저가 놀라기도 했다. 정말 고마웠다.

한 가지만 더 자랑하자. 칭송 지수, 수하물 지수, 비정상 상황 처리 능력 등 처음 부임했을 때 기억은 가물가물하지만 거의 60위권이었던 지점의 순위는 귀임 1년 전이던 2015년에는 전 세계 지점 중 4등을 기록했다.

"왜 우리들은 이렇게 해도 제대로 인정받지 못하나요?"라고 묻는 어린 직원에게는 1-3등까지는 모두 최고의 조업 환경을 보유한 모 지점들이었으므로 "진정한 1등은 우리 호놀룰루 공항 서비스 지점이다"라고 외치며 박수를 보내고 빨리 퇴근하라며 등을 떠밀었다.

Tarmac Delay

　　부임 2년 만에 휴가는 아니지만 하루 쉬는 날을 만들었다. 하와이에 살아서 좋겠다는 소리는 거의 매일 듣고 살았지만, 거주를 하는 것과 여행은 너무도 다르기에 몇 년간 가지 못한 가족 여행이 간절했다.

　　며칠간 꼼꼼히 준비해서 비행기를 띄우자마자 바로 하와이안항공을 타고 마우이로 출발을 했다. 얼마 만의 가족 여행인지 가슴이 두근댈 지경이었고 딱 한편의 비행편만 지점장 없이 직원들이 잘 띄워주면 그만이었기에 걱정도 덜했다. 더군다나 점점 베테랑이 되어가고 있는 직원 4명 전원이 출근하여 항공편을 핸들링하기로 스케줄을 조절했기에 더욱 든든했다.

　　건너서 이야기만 들어본 마우이의 맛집도 찾아가고 오하

우 섬과는 사뭇 다른 느낌의 해안가를 드라이브하며 첫날 오후를 보내고, 다음날 아침 일찍 일어나 호텔 조식도 맛있게 먹고 하루 종일 물놀이 후 맥주도 한잔하며 편히 쉬다가 익일 오전 비행기로 복귀하는 2박 3일의 짧지만 긴 여정이었다.

무사히 여행의 첫날 오후를 계획대로 보내고, 이튿날 만족스러운 호텔 조식을 마치고 아쉬움에 마지막으로 연어샐러드를 오리엔탈 소스에 찍어 막 입에 욱여넣는 순간, 전화벨이 울렸다. 느낌이 좋지 않았다. 그날의 이야기는 이렇게 시작된다.

당시 나는 현장에 없었고 직원들과의 대화를 통해서 그 당시 상황을 기억한다. 그날 항공편은 약간 지연되어 도착하였지만 출발편은 문제 없이 수속을 진행했고 정상적으로 보딩 사인까지 받아 승객 전원이 착석을 완료한 상황이었다.

그런데, 역시나 호놀룰루 공항의 수하물 벨트 고장으로 아직 항공기로 도착하지 못한 40여 개의 가방을 찾아 헤매느라 출발 지연이 되고 있는 상황이었다. STD Standard Time of Departure 를 약 1시간 경과 후 간신히 가방을 모두 찾아 탑재를 완료하였고 안도의 숨을 쉬며 최종적으로 Door Close를 앞두고 있었다. 그리고 그 상황까지 들었던 나는 이제야 아들 녀석과의 물놀이를 제대로 할 수 있겠구나 하는 생각에 들뜨기까지 했었다.

그렇게 모든 상황을 재차 확인하고 캐빈 매니저가 문을 닫기 바로 직전, 갓난아기를 안고 있던 아기 엄마가 사색이 되어 도움을 요청했다. "사실 아까서부터 아기가 미열이 있었는데 해열제를 먹이면 괜찮아지겠지 생각했어요. 그런데 지금은 이마가 펄펄 끓고 있어요. 해열제도 떨어졌는데… 저 지금이라도 내릴 수 있을까요?"

자지러지게 울고 있는 아기를 안고 있는 엄마는 울상이 되어 있었고, 아기의 상태가 아무래도 심각해 보여 승무원과 공항 직원들은 기장님께 보고 후 결국 하기를 결정했다. 아기의 상태에 따라 자칫하면 비행기의 회항도 우려되는 상황이었기 때문이다.

손님은 아기를 안고 내리면서 수속한 가방을 찾아달라고 했다. 그 속에 해열제가 들어 있다는 것이었다. 통상적으로 손님이 탑승 후 하기를 하게 되면 한국에서는 국정원에 보고하고 손님이 착석했던 좌석에 대한 보안검색 등을 진행한다. 역시나, 보안에서는 둘째가라 할 미국에서도 TSA와 폭발물 탐지반에 보고 후 지침을 받아야만 한다.

다행히도 아기 엄마라는 사실에 TSA는 별다른 보안 검색을 진행하지 않고 항공기 출발을 허가했고, 이젠 그 손님이 수속한 3개의 가방만 찾아서 내리면 항공기는 무사히 하늘을 날아오를 수 있는 상황이 되었다.

백택 정보를 통해 컨테이너의 위치를 확인하고 수속한 3개의 가방을 꺼내기 위해 화물칸에서 컨테이너를 언로딩 하기 시작했다. 주인이 탑승하지 않은 상태에서 가방만 탑재되는 무주 수하물은 안전/보안 이슈로 인해 큰 문제가 될 수 있다. 맨 안쪽에 위치해 있던 컨테이너를 꺼내서 간신히 첫 번째 가방을 찾았다. 그러고는 다행히 금세 두 번째 가방도 찾았다는 소식이 들려왔다. 그 시점은 승객들이 항공기에 탑승한 지 이미 3시간에 육박하고 있는 상황이었다.

마지막 세 번째 가방은 아무리 뒤져도 적재했다고 기록되어 있는 위치에서 발견이 되지 않았다. 아마도 수하물 벨트가 고장 나며 조업 직원들이 지하에 있는 로딩 지역의 한 귀퉁이에 숨어 있던 가방들을 어렵게 찾아 탑재하는 과정에서 컨테이너 번호를 제대로 확인하지 못한 탓이었을 가능성이 높아 보였다.

문제는 그 세 번째 가방에 아기 해열제가 들어있었고 비행기는 예상보다 훨씬 더 지연되고 있다는 점이었다. 4명의 베테랑 직원들은 항공기의 지연과 복합적 비정상 상황으로 인해 점점 지쳐갔고, 난 본사의 전화를 받으며 최대한 빨리 조치하고 있다고 응대를 해 나갔다.

하지만, 전 직원이 모두 동원되어 짐을 찾고 또 찾아도 찾을 수가 없다고 하는 상황에서 엄청난 중압감이 몰려왔다. 승객 탑승 후 거의 3시간이 넘어가고 있는 상황에서는 Tarmac Delay 항공기가 이착륙하는 활주로, 유도로, 주기장 등에서 기상 등의 사유로 승객들이 기내에서 장시간 대기해야 하는 경우 30분마다 하기 할 권리를 안내하고, 음식물 제공은 물론 국제선의 경우 4시간을 초과하지 않도록 법으로 강제함는 또 다른 비정상을 일으킬 수 있었기 때문이다.

호놀룰루 국제공항은 그 당시 국제/국내 혼용 공항으로 Tarmac Delay 시 승객들이 하기 후 화장실조차 갈 수 없게 스탠션을 치고 직원들이 몸으로 막아야만 했다. 그렇지 않으면 그냥 또 죽었다고 생각하면 된다. "정말 딱 하루만 편히 쉴 수 없냐! 이럴 거면 이젠 다시는 여행하자는 소리 하지 마!"라는 남편에 대한 화가 아닌 지긋지긋한 경험상의 상황에 대해 화를 내는 아내와 내 눈치를 보며 수영장 한편에서 혼자 놀고 있는 아들 녀석이 눈에 들어왔다.

그럼에도 불구하고, 무주 수하물을 실어 보낼 수는 없었다. 4시간이 되기 전까지 컨테이너 전수조사를 지시했다. 만약 항공기 사이드에 있었다면 직접 내 눈으로 일일이 확인했겠지만, 그럴 수도 없었다. 결국 지친 직원들이 가방을 찾지 못하겠다는 이야기를 전해왔다.

그 마지막 가방을 두고 나는 오하우로부터 수백 킬로 멀리 떨어져 있는 마우이에서 최종 결정을 내려야만 했다. 다시 한 번 전수 조사를 지시할 것이냐, 아니면 탑재되지 않았다고 추정하고 항공기를 밀 것이냐. 잠시 고민 후 어려운 결정을 내렸다. 그리고 직원들에게 지침을 전달했다. "화물칸 닫고 비행기 밀어! 다 뒤졌는데도 없다면 분명 그 가방 비행기에 실리지 않았겠지. 만약 문제가 생긴다면 내가 다 책임질게. Push Back 하자!"

　　　　"다만, 이제부터 내 말 잘 들어. 아기 엄마인 직원 A는 손님 성향에 맞추어 옆에서 밀접 케어해 드려. 직원 B는 엄마와 아기가 함께 머무를 수 있는 최적의 호텔을 수배해 드려. 직원 C는 빨리 시내로 나가서 약국을 찾아서 아기 해열제와 기저귀 등을 구입해서 가져다드려. 직원 D는 다시 한번 수하물 지역을 확인하고 그래도 가방을 못 찾고, 혹시나 아주 혹시나 그 가방이 비행기에 탑재되어 있었다면 한국 도착 후 즉시 알려 달라고 전달해 둬."

　　　　그랬다. 그날 난 그냥 모험을 했다. TSA나 국정원이 알게 되면 심각한 안전/보안 규정 위반으로 회사는 물론이거니와 책임자인 나에게도 엄청난 문제가 생길 수도 있는 상황이었지만 그냥 그날은 내 운을 믿을 수밖에 없었다. 그리고 수영장에서 혼자 쓸쓸히 놀고 있는 아들을 위해서도 더 이상 지연을 끌고 싶지 않았다. 결과적으로 도착 후 한국에서 가방이 발견되었다. 그리고 아기 엄마는 무사히 익일 비행편으로 귀국하며 가방을 찾았다.

　　　　그날 오후 아내와 아들의 눈치를 보다가 계획보다 일찍 오하우 섬으로 비행편을 바꾸어 돌아왔다. 그리곤 지연 경위를 담은 보고서를 작성하여 본사에 제출했다. 그날 집안 분위기는 암울했고 아내는 아들이 잠든 후 내게 더 이상 하와이에서 여행은 계획하지 말자고 선언하며 뒤돌아 잠자리에 들었다.

✈

며칠이 흘렀다. 아기 엄마는 한국 도착 후 호놀룰루 공항 서비스 지점 직원들의 친절함에 대한 칭송 편지를 접수해 주셨고, 직원들의 이야기를 사보에 싣고 싶다는 광고팀 연락을 받았다. 웃고 있는 직원 네 명의 사진을 DSLR 카메라의 아웃포커싱 앵글로 찍어 보냈고, 결국 우린 그 달의 우수지점으로 선정되어 사보의 마지막 페이지를 장식했다.

얼굴도 보지 못한 그녀가 낯설었지만 아기 엄마에게 직접 국제전화를 걸어 감사함을 표현하였다. 물론 그분은 그 상황을 마우이에서 함께 했던 지점장이 누군지도 모르겠지만 "엄마와 아기가 모두 항상 건강하고 행복하시길 바랍니다"라는 덕담도 잊지 않았다.

보안규정을 위반했고, 아기 엄마의 불만 접수도 예상되는 상황이 해피엔딩으로 끝났으니 혹자는 이런 상황을 전화위복이라고 하겠지만, 다시 한번 그런 상황이 온다 해도 똑같은 결정을 내릴 수 있을까.

행복과 불행의 갈림길

　한 번은 갑자기 평소에 아는 사이가 아니었던 회사의 한 시스템 부서 직원의 전화를 받았다. 지인의 친구가 우리 비행편으로 신혼여행을 떠났는데 그만 호텔 수영장에서 여행 마지막 날에 수영을 하다가 익사를 했다는 비보였다. 부모님께서 현지로 급하게 시신 수습을 하러 오시니 도움을 부탁하는 내용이었다.

　이름을 들어보니 그날 아침 비행편이 출발할 때까지 사전 연락 없이 쇼업 하지 않은 신혼여행객이었다. 간혹 그러하듯 '이 앳된 부부가 신혼의 단꿈에 젖은 늦잠으로 인해 다음날 나타나서 해맑은 얼굴로 비행기 탑승 여부를 물어보겠지' 하는 생각으로 별거 아닌 일로 치부했던 그 사건 속의 승객 이름을 확인하는 순간 나와 직원들은 그들의 노쇼를 책망하며 입방아에 올렸던 아침 시간이 생각나 아무런 말도 할 수가 없었다. 죄책감과 더불어 우리 항공편을 이용한 승객이었기에 무한한 책임감을 느끼며 눈물이 흘렀다.

행복한 신혼여행이 악몽으로 변해버렸다. 불과 며칠 전 결혼식장에서는 작금의 황망한 현실을 상상하지도 못했을 미망인이 되어 버린 젊은 여성은 울지도 못하고 그저 넋이 나가 있었고 양가 부모님은 하염없이 눈물을 흘리셨다.

내 차로 그분들을 모시고 장례식장을 들리기 전 한식당에서 아주 늦은 점심을 먹게 되었다. 낯익은 키아모쿠 거리 한식당 한편에서 사돈 내외 네 분과 미망인 그리고 그 장소에 전혀 어울리지 않는 내가 같이 식사를 하게 되었는데, 아무런 말도 할 수가 없었다. 그저 조용히 구석 자리에서 수저를 들었으나 모두들 국물 한 방울도 입에 넣지 못하고 쓰디쓴 눈물만을 삼키는 바람에 나 또한 눈물을 흘리느라 제대로 식사를 할 수가 없었다.

평상시 지나쳐만 갔었던 시내 한 거리에 위치한 미국의 장례식장은 너무도 낯설었고, 가족들 말고는 그 누구도 없는 텅 빈 방 안에서 쓸쓸한 주검은 관속에서 영화 속 한 장면처럼 누워 있었다. 어쩌면 도착편에서 스치듯 마주쳤을지도 모르겠지만 생면부지인 사람의 주검을 보고는 다시 터져 나오는 눈물을 주체하지 못해 가족들에게 간단한 안내만 드리고 밖으로 뛰어나

왔다. 참으로 야속하게도 아무런 일이 없다는 듯 평화로운 하와이의 쾌청한 하늘은 그날도 화가 나도록 여전했다.

통상 해외여행 중 사망객이 나오면 유족들은 시신을 비행기에 태워 한국으로 모셔가고 싶어 하는 게 인지상정이다. 하지만 안타깝게도 이미 숨이 멎어버린 인간의 시신은 승객이 아닌 화물로 간주된다. 따라서 운송에 필요한 비용은 물론이거니와 상당히 복잡한 행정 절차를 수반하기 때문에 불가피하게 현지에서 화장 후 유골함만 가지고 들어가시는 걸 권유해야만 한다.

가족분들은 설명을 들으신 후 고심을 하셨으나 점잖아 보이시던 신랑 아버님은 말없이 고개를 끄떡여 승낙하시고 화장 절차를 진행했다. 그리고 다음날 유골함을 들고 침울한 표정으로 카운터 마감 직전 수속을 마치고 탑승하셨다. 직원들은 지점장이 신경 쓰지도 못했는데 고맙게도 이미 그분들과 다른 승객들 모두를 위해 주변 좌석을 비워드렸고 혹여나 이미 고인이 된 아들이 생각날까 봐 다른 신혼여행객들과도 최대한 이격 된 좌석을 배정 드렸다.

한국 복귀 후 약 한 달이 되어 그 사건도 서서히 잊혀 갈 무렵 한국의 시스템 부서 직원이 다시 연락을 해왔다. 아버님께서 나와 직원들에게 너무 감사하다며 자그마한 선물을 보내주고 싶다고 하신다며 보내는 방법을 문의하는 것이었다. 한사코

거절했지만 결국 사양하는 것이 불가능했고 며칠 뒤 내 책상 위에는 푸른색 넥타이가 놓여 있었다. 직원들에게도 하나씩 선물을 나누어 주고는 그 넥타이를 들고 공항 청사 밖으로 나가 다시한번 하와이의 평화로운 하늘을 바라보았다. 야속하게도 그날 또한 하와이의 하늘은 여전히 푸르렀다.

비행기야 아프지 마!

잊고 있었던 숨 막히던 시간 중에는 기체 결함으로 인한 비정상 상황들도 빼먹을 수 없다.

아주 정상적이고 평온하게 손님들의 보딩까지 하고 있는 상태였다. 도착편 지연으로 인해 공항 소방대에 연락하고 기장님의 승인을 구한 후, 급유 중 보딩을 시작하고 있었는데 계획된 급유량을 약간 남겨놓은 상황에서 계기판의 숫자가 더 이상 올라가지 않았다.

기장님은 "이상하네 왜 OFPOperational Flight Plan, 비행계획서에 명시된 급유량이 들어가지 않을까. 무슨 문제가 있나?"라고 의아해하셨고, 나 역시 초조하게 조종석의 계기판을 들여다보며 궁금해하는 사이 손님들은 모두 탑승을 완료했고, 여전히 급유는 완료되지 않았다.

처음에는 급유차에 문제가 있다고 판단했다. 압력이 낮아 기름이 더 이상 들어가지 않는다고 추정되었기에 급히 급유차 한 대를 더 요청하여 왼쪽 날개에 한대 오른쪽 날개에 한 대를 세워 급유 호스를 양쪽으로 연결했다. 다행히 숫자가 약간 올라가는 것처럼 보이던 급유 계기판은 이내 다시 멈추어 섰다.

속이 타들어 갔다. 이미 한 시간의 지연이 발생하고 있었고 종합통제의 실무자 전화는 빗발치며 위탁 정비사와 정비 통제 당직자 간의 통화와 미주지역본부 운항관리사의 이런저런 조언으로도 해결이 되지 않았다. '제발 그냥 나갔으면 좋겠다'라는 나의 철없는 바람과는 달리 기장님은 기체 결함일 가능성이 높아 보인다며 비행이 불가할 수도 있다는 조심스러운 언급을 하셨다.

이제껏 겪어보지 않은 상황이었다. AOGAircraft On Ground, 항공기가 비행이 불가능한 상황을 뜻하는 정비 용어 만은 절대 아니길 바랐다. 그때 뒤에서 휴식을 취하던 부기장이 조심스레 매뉴얼을 들고 나에게 다가왔다. "제가 이륙 임무 승무원이 아니라 조심스럽지만 아마도 항공기 급유 탱크 안의 밀도 때문에 더 이상 연료가 들어가지 않는 것 같은데요."

미주지역본부의 운항관리사와 통화를 다시 시도했고 그날따라 무더웠던 하와이의 날씨로 인해 급유 탱크 내의 공기가 팽창하여 애초부터 들어가지 못할 양의 급유량이 산정되었을 수도 있다는 이야기가 조심스레 언급되었다.

운항관리사와 기장님의 통화가 길게 이어졌고, 비행기는 이제 거의 두 시간 넘게 지연되고 있었다. 슬슬 손님들은 불만을 제기하기 시작했다. 캐빈승무원들도 지쳐가는 상황이었지만 프로답게 손님들을 응대하고 있었고 다행히 아직까지는 괜찮아 보였다. 이윽고 기장님이 나를 불렀다. "정비사와 이야기 나누다 보니 밀도 문제가 맞는 것 같네요. 급유량을 다시 계산 중이고요. W&B만 다시 작성해 주면 출발할게요."

그 사건 이후부터는 밀도를 계산해서 급유량 체크를 하는 절차를 지점도 같이 확인해야 했고 현지 운항관리 조업사에게도 재교육을 하는 등 또 하나 신경 써야 할 부분이 생겼지만 급유 관련 큰 지식을 얻은 터라 한편으로는 기쁜 마음도 생겼다.

또 한 번은 손님 보딩이 완료된 상태에서 EDTO Extended Diversion Time Operation. 회항 시간 연장. 엔진이 2개인 항공기가 주변 180분 내에 착륙할 공항이 없을 때 필요한 인증 부품의 결함 발생 건이었다.

오직 바다만이 펼쳐진 태평양을 2개의 엔진으로 건너려면 EDTO 점검이 완료된 항공기로 운항을 해야 하는데, 관련 부품에 결함이 발생했다는 것이다. 설마 했는데 왼쪽 엔진의 덮개 Cowl를 열었고 백발의 할아버지 조업 정비사는 느긋했지만 신중

하게 엔진의 이곳저곳을 들여다보고 있었다.

정비 상황으로 인한 AOG가 예상될 때는 만약을 대비해서 사전에 준비를 해 두어야만 한다. 늘 정비 상황이란 확답이 불가능하여 수정 작업을 수차례 진행하다가 뒤늦게 최종 결정된다. 그런데 미국계 항공사는 AOG가 발생하더라도 대다수의 승객들이 이해를 하고 발길을 돌리지만, 안타깝게도 다혈의 민족인 한국 승객들은 일단 소리부터 지르고 시작한다. 그래서 AOG 결정 후 대처를 하게 되면 불만 승객들이 스마트폰을 들고 동영상을 찍기도 하고, 여기저기서 고성이 터져 나온다.

이때 지점장 포함 3~4명의 직원은 수백 명의 승객들에 둘러싸여 그들의 요구 상황을 들어주고 여정 변경, 재발권, 호텔/셔틀버스 수배, 밀 쿠폰 제공, 보상 정책 설명, 면세품 반납, 위탁 수하물 처리, 항공기 정비 상황 확인 등의 수십 가지 작업을 동시다발적으로 수행한다. 전 직원이 땀에 절어 식사는커녕 화장실도 가지 못하고 밤을 새워야 하는 상황도 생긴다. 그러고도 운 없으면 손님들에게 둘러싸인 우리들의 모습이 모자이크 되어 뉴스에도 나온다.

어쨌든 그렇게 초조한 얼굴로 엔진 쪽을 바라보고 있던 그때, 오늘의 캐빈 매니저는 "저기요. 정비사 좀 불러주세요. 38K 좌석의 등받이가 이상해요. 그거 안 고치고 출발하면 가다가 손님 불만이 심할 것 같아요." "정비사가 지금 바쁘니까 조금만 기다려 주세요." 다시 5분 후, "지금 불러주세요." "기다리세요." 또 약 3분 후, "불러주세요." "저 밑에서 엔진 카울 열고 내부 점검하는 거 안 보이세요? 저거 못 고치면 오늘 비행기 못 나갑니다."

여전히 그 캐빈 매니저는 끈질기게 나를 쳐다보았다. 결국 스토커처럼 같은 말을 반복하는 캐빈 매니저에게 지고 말았다. 엔진 결함을 수정하고 있느라 바쁜 정비사를 부를 수는 없었기에 어쩔 수없이 직접 들어가 뒤쪽 신혼여행객의 남편이 앉아 있는 좌석으로 향했다. 그 승객은 좌석의 등받이 부분이 버튼을 누르지 않아도 자동으로 젖혀지는 상황에서도 "괜찮아요"를 연발하며 부인 대신 자기가 그 자리에 앉아 가면 된다고 했다.

이렇게 매너 좋으신 손님은 분명 나중에 진짜 정비사가 나타날 때까지 기다려 줄 텐데 캐빈 매니저는 왜 저렇게 안달을 할까 하며 짜증이 났지만, 항공기 문을 닫은 이후의 10시간은 오직 그 매니저가 캐빈에서 벌어지는 모든 비정상 상황을 처리하고 책임져야 하기에 어느 정도 이해는 되었다.

일단 좌석 하단의 스펀지 방석을 떼어냈다. 그간에도 기내 청소 중에 의자 하단 방석은 수없이 떼어 내서 직물 커버를 교체한 적이 있는데 승객들이 기체 흔들림으로 구토를 하거나, 간혹 어린아이들이 소변을 지리는 경우도 있었기에 나뿐만 아니라 거의 전 직원이 의자 커버 교체하는 방법을 잘 알고 있었다. 만약 교체할 새로운 커버가 항공기 내에 탑재되어 있지 않다면 깨끗이 빨아서 엔진 열로 말리는 것이 가장 효율적 방법이라는 것도 역시 경험을 통해 알고 있었다.

좌석을 들어내자 좌석 하단 양쪽 끝에 기다란 부품 두 개가 눈에 들어왔다. 등받이를 지탱하면서 기울기를 조절하는 부품의 한쪽 부분 고리가 빠져 있는 게 문제를 발생시킨 요인으로 보였다. 자전거에서도 보던 유압식 부품이라 일견 낯익어 보이기도 했다.

해당 부품을 약간의 힘을 주어 원래 있어야 할 고리에 끼워 넣으니 금세 작동이 잘 되었다. 모두 정리하고 나오는 길에 남자분이 "아까 카운터에서도 보이시던데 혹시 항공기 정비사세요?" "아뇨. 저 공항 지점장이에요. 정비사가 바빠서 제가 들어올 수밖에 없었네요." "여긴 지점장께서 직접 정비도 하시는군요."

캐빈 매니저는 그제야 감사하다는 말을 수차례 해주었고 멋쩍은 웃음을 지으며 다행히 정비가 완료된 항공기 도어를 같이 힘껏 닫았다. 맘 좋게 생긴 미국 할아버지 정비사는 "직접 고쳤어? 마침 정비사 채용 중인데 너도 이력서 넣어봐"라며 웃으며 고물 밴을 타고 푸시 백을 하러 떠나갔다.

사무실로 돌아와 "애들아. 항공기 캐빈 정비 그거 별거 아니더라"라는 너스레로 직원들의 야유를 온몸에 받은 건 당연한 일이었다. 그리고 그날도 또 하루를 잘 넘겼다. 고맙다. 비행기야! 일단 떠났으면 절대 돌아오지 마!

잊지 못할 삼겹살 파티

정비 상황은 늘 가슴을 졸이게 한다. 현지에는 파견 정비사가 없어 위탁 정비업체를 계약한 상태였다. 그 덕분에 정비 관련 지식도 많이 얻었다.

매번 상황이 발생하면 정비 통제의 본사 베테랑 정비사와 위탁 조업사의 외국인 정비사와의 통화가 직접 이루어졌는데, 그때마다 직접 옆에서 통역을 돕기도 하고 부족한 정비 일손을 보조하면서 항공기 계기를 하나씩 설명 듣고, 질문도 하며 소중한 지식을 쌓아 다음에 이런 경우가 다시 발생하면 빨리 해결할 수 있을 것이라 믿었다.

본사에서 파송한 호놀룰루 공항서비스 지점의 A330 비상용 부품은 타이어 한 짝이 전부였다. 분기마다 타이어 사진을 찍어 자발적으로 굴러서 도망가지 않고 잘 있다고 본사에 보고 해야 하는 일도 공항 서비스 지점의 업무 중 하나였다. AOG가 발생하고 태평양 한가운데의 외떨어진 섬 안에서 '부품을 구하지 못하면 어떻게 하지?'라는 불안감은 하와이 주재 시절 매일 같이 비행기를 바라보며 두려움에 절어 되새김질하던 느낌이었다.

하와이는 숙박비가 비싸고 호텔의 수도 적었다. 간혹 여기저기 경쟁사나 외국계 항공사의 비행기가 AOG 되어 손님 응대에 힘들었다는 이야기를 건너 들으면 나 또한 가슴이 철렁했다. 그래도 거긴 직원이라도 여러 명이고 수십 년 된 베테랑 직원이라도 있지만, 우리 지점엔 이제 겨우 6개월도 채 안 된 신입 직원들만 있고 지점장도 경험이 일천한 대 어찌 그런 어려운 상황을 처리할 수 있을까라는 불안으로 잠을 이루지 못할 정도였었다. 다행인 건 주재 기간 중 단 한 번도 AOG가 발생하지 않았고 단지 Heavy Delay만 있었을 뿐이다.

매번 정비 상황이 발생하면 친구처럼 비행기 동체를 쓰다듬으며 '제발. 인마! 난 너 좋아해. 너도 나랑 정들었잖아. 힘내! 잘 날 수 있어! 부탁이야'라며 속으로 중얼거렸다. 그럴 때마다 이젠 진짜 친구가 되어 버린 그 비행기들이 언제나 그랬듯 기운을 차려 다시 하늘을 박차 올랐다. 힘차게 날아가는 항공기를 바라보며 눈물을 흘린 적도 많았고 그럴 때마다 힘듦과 외로움에 고개를 숙이며 한국의 부모님과 친구들이 사무치게 그리워했다.

한편, 집에 들어와서는 웃으면서 "빨래 너는 데 당신이 띄운 비행기 저 멀리 날아가는 거 보이더라"라고 말하는 아내에게 오늘도 벌어진 일을 수다 떨다 보면 "됐고요. 이제 그만 밥이나 드셔"라는 핀잔도 귀 아프게 들었었다.

그래도 유일하게 기상은 도와줬다. 하와이는 활주로 상태도 좋고 제방빙De-Icing, Anti-Icing도 필요 없는 연중 온화한 날씨에 시정은 거의 매일 CAVOKCloud and Visibility is O.K, 이보다 더 좋을 수 없는 최상의 기상 상태이었으며, 도착시간도 오전 9시 이후라 안개 걱정도 필요가 없었다. 다만 가끔 태평양 중심부까지 올라오는 태풍이 문제였는데, 다행히 그 태풍들도 오하우 섬에 도달하기 전에 빅 아일랜드나 마우이섬 근처에서 소멸되었다.

직원들에 관한 이야기로 마무리를 향해가고 싶다. 복기해 보니 부임 기간 동안 정확하게 11명의 직원이 그만두었다. 4명의 정원이 완벽하게 유지된 적은 4년 주재 기간 동안 약 1년여에 불과했던 것 같다.

그중에서는 나에게 최악의 지점장이라며 2년 동안 근무해왔던 직장의 유니폼을 던져버리고 나간 직원도 있었고, 퇴직 후 소송을 준비할 요량이었는지 지점의 주요 자료를 빼돌리려고 USB 메모리를 사용하다가 잊어버리고 본인이 사용하던 컴퓨터에 꽂아 놓은 채 퇴직하는 바람에 소송 자료를 날려 버린 애증의 직원도 있었다.

부임 초기부터 의지했던 믿을만한 직원은 진급을 시켜주겠다고 설득해도 여러 현실 상 결국 퇴직 후 한국식 실내 포장마차를 차려 바쁘게 살아가고 있으며, 너무 일도 잘하고 외모도 성격도 좋았던 직원이 야반도주라도 하듯 문자 메시지 한 통만 남긴 채 남편과 본토로 이사가 버리며 퇴사를 한 적도 있었다.

최악으로 일을 배우는 속도가 느려 인턴 기간 3개월 안에 미안하다는 말과 함께 계약 종료를 어렵사리 통보했던 직원은 그 후에 영어를 잘 구사하지 못했음에도 불구하고 경쟁사 조업 직원을 거쳐서 정식 CBP 직원이 되는 바람에 옆구리에 찬 권총으로 나를 골목길에서 쏴 버릴까 겁이 났던 적도 있었다.

그럼에도 하와이에서의 좋은 기억들은 그들을 빼고는 논할 수 없을 정도로 상당 부분을 차지한다는 것을 부정할 수 없다. 모두 함께 웃고 울고 떠들고 가족처럼 식사를 같이 하고 술을 마시며 타국 땅에서 유일하게 의지할 수 있었던 한국 사람들이었다.

호놀룰루공항서비스 지점은 점심 식사를 하기가 상당히 어려워 자주 집에서 도시락을 싸서 출근하곤 했는데, 한국이었으면 구내식당에서 같이 식사를 하고 수다 떨고 했던 시간들을 그곳에서는 각자 싸온 도시락을 사무실 탁자 위해 펼쳐 놓고 서로 나누어 먹으며 그날 비행편의 에피소드를 화제 삼아 점차 가까운 식구가 되어 갔다.

가장 기억에 남는 점심 식사는 한 직원이 준비한 삼겹살 파티였다. 비행편이 지연되면 먹지 못했을 뻔했는데 다행히 오늘은 정시 출발했다며 커다란 가방 안에서 휴대용 가스레인지, 불판, 집게, 가위, 묵은지 등을 꺼내어 삼겹살을 사무실에서 맛나게 구워 먹으며 '한국에서는 꿈에도 꾸지 못할 최고의 점심 식사를 경험해 보는구나'라는 생각도 했었다. 그날 사무실에서 삼겹살과 함께 하지 못했던 소주를 퇴근 후 식당에 모여 직원들에게 대접해야 했음은 당연한 일이었다.

그렇게 신입 시절 점심시간에 삼겹살을 준비해서 모두를 놀라게 해 주었던 직원은 내가 한번 면접에서 탈락시킨 후 다시 채용하게 된 직원이었는데, 처음부터 업무 습득이 굉장히 빨랐고 나중에는 거의 혼자서 지점을 완벽하게 운영할 정도로 엄청나게 성장했다.

한국에선 통상 직원 한 명이 공항 업무 중 한두 개의 업무에 전문가가 되는 반면, 해외 B/S 직원은 규모는 작지만 모든 업무를 서로 나누어 수행할 수밖에 없는 구조이다. 그 직원의 경우 수속, 발권, 수하물, Seat Control, 의전, 시설, 안전, 보안, 대관 업무 등 인천국제공항서비스 지점에서 여러 명이 나누어 하는 거의 대다수의 업무를 홀로 수행할 수 있게 되었지만 급여를 더 올려주지 못함을 미안해 해야만 했다.

귀임 직전 아내와 아들 녀석이 먼저 떠난 후 2달여간 아무것도 없는 집에서 혼자 살 때는 접이식 매트리스를 빌려주기도 했고 감기 기운이 있을 때면 따뜻한 홍차를 타서 말없이 책상 옆에 놔두며 "오늘은 그냥 사무실에서 쉬세요"라고 말하며 유려하게 항공편을 핸들링하기도 했고, 공항과 영업지점 직원들 간 갈등의 중재자 역할을 하기도 했다. 마지막 떠나는 내 앞에서 눈물을 흘리며 감사하고 존경한다는 말을 반복해 준 그 직원에게 나는 이렇게 대답했다.

"네가 있어서 나 또한 무사히 한국으로 귀임하게 되었어. 지난 3년여간 믿고 따라주어서 진심으로 고마워. 너는 내가 이 하와이라는 곳에서 업무적으로 힘들어할 때 제일 의지가 되었고 힘이 되어준 직원이야. 후배이지만 나 또한 당신을 존경한다네."

한국에서 파견된 직원은 오직 지점장 한 명이었기에 공항서비스 지점의 본연의 업무 외에도 직원들과 함께 상당히 많은 분야를 공부해야만 했다. 특히, 정비와 운항관리사의 업무에도 관심을 가졌고 캐빈 매니저가 하는 일을 옆에서 바라보며 눈치껏 습득하였으며, 영업, 화물, 정비, 운항, 급유, 케이터링 등 광범위한 분야의 업무에도 관심을 보여야만 했다.

취임 1년 정도 후 수속 카운터를 Air China에 재임대하며 수익을 올릴 수 있는 기회가 생겼는데, 카운터 임대 계약서 작성을 위해 영문 표준 계약서 양식까지 찾아가며 계약 관련 지식도 습득했다. 그만큼 지점의 상황은 열악했지만 직원들은 모두 최선을 다해 그 상황을 이겨내고 있었고 그에 따른 보람이 있었다.

그 외에도, 한 편에 최고 75명까지 수속을 해봤던 직원 여행객들SUBLO, Subject To Load의 수많은 좌석 배정 요청과 VIP 의전 요청을 엑셀로 정리하여 관리하였고, 임신을 하기 위해 남편과 하와이로 여행 온다는 생면부지의 캐빈승무원을 위해 좌석 배정에도 최선을 다했으며, 주내선 연결편을 하와이 입국편 항공기의 지연으로 타지 못하게 되자 직원임에도 크게 불만을 제기해서 분리 발권이 무엇인지 설명하며 선배로서 화내지 않으려고 노력한 적도 있었다.

수하물의 와인병이 깨졌다고 불만을 제기하시던 기장님께는 안면으로 때운 적도 있었고, 대형 DBDenied Boarding, 예약 초과 상황 사태로 수 십 명의 손님이 초과 예약된 상황에서 며칠간을 고민하다가 예약을 커버하기 위해 기종 변경되는 B777 항공기의 좌석 배치 등을 공부하고, 별도의 안내문과 좌석배치도를 밤새워 파워포인트로 뽑아 수속 카운터에 테이프로 붙이는 노력들과 더불어, DBCDenied Boarding Compensation. 운송 불이행에 대한 보상금를 최소화하고자 플로어에서부터 적극적으로 여정 변경을 권유드리고 명함을 건네드리며 추후 최선의 서비를 제공하겠다는 약속을 하는 노력들도 있었다.

부임 초기에는 거의 6개월은 매일같이 업무로 고민하며 야밤에 4.99불짜리 싸구려 와인 한 병으로 오지 않는 잠을 청하려 노력했으며, 지점 나름의 비정상 상황 매뉴얼과 OJT 매뉴얼을 만들어 직원들을 교육하기도 했다.

지면에 모두 실을 수 없지만 하와이에서 업무적으로 만나 인간적으로의 관계로 확장이 되었던 모든 분들께 이 자리를 빌려 진심으로 머리 숙여 감사 말씀 드린다. 그분들 덕분에 간신히 지점을 설립하고 짧지만 영업, 화물 통합 지점장까지 완수하고 무사히 한국으로 돌아올 수 있었다.

마지막으로 직원들이 직접 만들어 준 사진첩들과 귀한 선물은 아직도 고이 방 한편에 모셔두고 있음을 밝힌다.

굿바이! 하와이

너무도 준비가 되지 않은 상태에서의 미국 생활은 아들의 교육에도 문제를 가져왔다. 학제가 서로 반 학기가 엇갈려 가기에 한국 복귀 후 특례 적용을 받으려면 한 학년을 올려서 입학을 시켰어야 했는데, 부임 초 너무 바빴던 탓에 이리저리 정보를 수집할 시간이 없었기에 그런 중요한 내용을 전혀 알지 못하고 있었다.

수업을 따라가는 것이 걱정되어 입학 처장의 "어느 학년으로 입학을 시킬래?"라는 질문에 5분간 고민 후 한 학년 아래로 내려서 입학시키는 것으로 결정을 내렸고, 그 순간의 선택이 3명 구성원 중 한 명인 아들을 이산가족으로 만들어 버렸다. 훗날 내 인생에서 제일 크나큰 판단 실수라고 생각하며 엄청난 죄책

감에 사로잡힌 결정이기도 하다.

한 학년 아래로 입학하면서 한국 복귀 시점에 고등학교 1학년 과정을 마치지 못한 상태가 되니 특례 적용 대상이 되지 못했고, 중요한 시기를 지나쳐 한국 교육을 따라잡을 수 없을 것 같아 장고 끝에 14살의 아들을 홀로 미네소타주의 한적한 시골 마을 학교로 유학을 보내기로 결정했다.

귀임 9개월 전인 2015년에 Fergus Falls의 이름 모를 시골 마을 기숙사 학교에 입학하게 되었고, 평생 처음으로 일주일간의 휴가를 신청했다. 우선 아내와 아들 녀석은 한국에 부모님께 인사 보낸 후 바로 뉴욕편 항공기를 탑승할 수 있게 여정을 계획하였고, 지점장 부임 이후 처음으로 직원들에게 무슨 일이 있어도 절대 연락하지 말라는 지시를 내리고서는 나 또한 며칠 후 하와이 발 뉴욕행 비행기에 몸을 실었다.

뉴욕의 가을은 너무도 아름다웠고 오랜만에 즐기는 가족 여행도 행복했지만, 여행 첫날 저녁 맨해튼 변두리에 있는 이름 모를 식당에서 식사 겸 맥주 한 잔을 하며 우리 부부는 어린 아들과의 이별에 많은 눈물을 흘렸다.

백인 여종업원은 세 가족의 눈물을 보고 사연을 알 수도 없었겠지만 아무 말없이 서빙을 해주었고 새로운 맥주를 시키자 슬며시 잔을 치우고 새로운 잔을 가져다 놓으며 "이건 내가 대접하는 거야"라며 조용히 뒤돌아섰다. 그날은 그 여종업원이 너무도 고마워 미국 생활 중 가장 많은 팁을 내고 식당을 빠져나온 것 같다.

워싱턴 D.C의 대학 친구 집에서 또 다른 대학 친구 식구와 더불어 세 식구가 추억 어린 저녁을 함께 하고 미니애폴리스로 가는 비행기를 탔으며, 그곳에서 렌터카로 거의 5시간을 운전해서 Fergus Falls로 향했다.

수없이 많은 여행을 해 보았지만 나에겐 그 여정이 마지막같이 느껴졌다. 렌터카를 운전해서 학교로 가는 긴 시간 동안 우리 가족은 한 마디도 하지 않았고, 어두운 표정으로 차 안에서 흘러나오는 음악을 들으며 창밖을 내다보고 있었다.

서류접수를 하고 교정의 이곳저곳을 둘러보기도 하며 월마트에서 필요한 물품을 사고 기숙사 방의 고장 난 수건걸이 등을 고쳐 놓은 후, 밤새 그 녀석이 4년여간 덮고 잘 이불을 빨아 건조시키고 옷도 세탁하여 고이 접어 넣어 주었다. 처음 보는 또 다른 한국인 유학생과 함께 이른 점심을 먹이고 떠나오던 순간, 아들이 가면서 읽어보라고 쿨하게 차 안으로 편지 두 장을 던져 넣었다.

그곳을 떠나 황량한 벌판 한가운데 홀로 서 있는 학교 운동장이 내려다보이는 언덕 언저리에 도착했을 때 아내에게 여기서 잠시 머물렀다 가면 안 되겠냐라고 부탁을 했다. 비행기 시간에 쫓기고 있었으나 한참 동안 학교 건물을 내려다보며 눈물을 꾹 눌러 참은 채 미니애폴리스 공항으로 다시 힘든 운전을 시작했다.

어느 정도 달렸을까 갑자기 옆 좌석에 앉아 있던 아내가 소리 내어 울기 시작했다. 아들이 전해준 편지를 읽고 있었던 것이다. '사랑하는 엄마에게'로 시작하는 편지는 가슴이 미어졌다. 나에게 써 준 편지는 '존경하는 아빠에게'로 시작했는데 우리 부부는 그 누구도 보거나 들을 수도 없는 60마일로 달리는 차 안에서 그간 살아온 인생의 눈물의 양보다 더 많은 눈물을 흘렸다.

그리고는 '나의 잘못된 결정으로 14살의 어린 아들을 평생 처음 가보는 미국 북부의 시골 한편에 외롭게 내버려 두고 오게 되었구나. 너무도 빨리 부모 품을 떠나게 만들었구나'라며 다시 자책을 했다. 누구는 유학을 보내서 좋겠다 하지만 아직도 나는 가족은 한 공간에서 생활해야 한다고 믿는다. 그리고 시간을 되돌릴 수 있다면 그 당시의 나는 다른 결정을 내렸을 것이다.

이후 하와이 생활은 새로운 영역인 영업과 화물을 배우느라 나름 또 바쁘기도 했지만 쉬는 날은 다소 무료하게 보내고, 둘이서만 영화를 보러 가거나 하와이 구석에 위치한 한적한 로컬 골프장에서 스팸 무스비에 맥주 한 캔을 들고 무지개를 바라보며 시간을 보냈다. 그러나 새끼를 먼 곳에 떠나보낸 어미 강아지마냥 어떤 것도 즐겁고 행복하지 않았다.

업무도 예전처럼 그렇게 열정적으로 할 수 없었다. 귀임 직전엔 건강도 좋지 않았고 얼이 빠져 있어서 호놀룰루 총영사관에서 주는 감사패 받는 약속 시간을 놓친 적도 있었고, 현지 지인들과의 마지막 식사 자리마저 이런저런 핑계로 거부했다.

2016년 6월 30일 복귀하는 그날. 거의 잠을 자지 못했다. 지난 4년 1개월여간 겪었던 모든 일들이 머릿속에서 맴돌며 감정의 실타래가 쉽게 풀어지지 못했기 때문이었던 것 같다.

정든 집 내부를 다시 한번 돌아보고 현관을 지나 로비에서 기다리고 있던 직원의 차를 얻어 타고 호놀룰루 국제공항으로 향했다. 이미 새로운 지점장님이 도착한 상태라 할 일은 없었지만 공항에 익숙해진 몸이 유니폼을 입고 다시 뛰면서 무언가를 해야 할 것만 같았다.

그 느낌을 지우려 낯익은 공항의 이곳저곳을 둘러보기도 하고 친해진 다른 항공사의 직원들과도 작별 인사를 나누며 차분히 감정을 정리해 나갔다. 머리와 가슴으로 한국으로의 복귀일을 상상했었던 느낌이 바로 이런 것이었는지 그 당시 알 수 없었다. 여전히 많은 시간이 흐른 지금도 글로 표현하기 어렵다.

수속이 끝나고 수많은 조업 직원들과 사진을 찍고 포옹과 눈물로 마무리를 하며 비행기에 올랐다. 손님이 들고 있는 5A가 인쇄된 보딩 패스를 부러워했던 내가 이젠 그 좌석에 앉아 탑승교 위에서 울고 웃으며 손을 흔들고 있는 직원들을 바라보고 있었다.

　　드디어 떠날 시간이다. 정시에 움직인 비행기는 이내 하늘로 날아올랐다. 누군가는 이해하지 못하겠지만 나로서는 죽을 것 같이 힘들었던 하와이. 창밖으로 내려다보이는 와이키키 해변은 눈이 부시게 빛나고 있었다.

항공사 직장생활
Advice 16

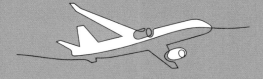

먼저 그림을 크게 그려보자

남자는 화성 여자는 금성에서 왔다고 한다. 약간 성차별적인 혹자들은 남자는 숲을 보고 여자는 나무를 본다고도 한다. 개인적으로는 그 말에 동의하지 않지만 회사에서 OJT를 하며 느낀 점은 부서의 선배들이 신입이나 전입직원을 교육할 때 거의 늘 각론부터 들어간다는 것이다.

기껏해야 조직도 정도를 설명 후 매뉴얼을 주고는 "읽어보세요" 하는 게 전부인 경우도 많이 보았다. 그러고는 업무에 쫓겨 실무 하나하나를 급히 설명해 나간다. "어차피 나중에 직접 해봐야 알아요" 하는 말을 덧붙이면서….

그러나 시작은 늘 그림을 먼저 그리는 것이 좋다고 생각한다. 신입 직원이건 전입직원이건 새로운 업무의 용어에도 익

숙하지 않기 때문이다. 규정과 절차는 일단 미루어 두고 전반적
회사, 본부, 부문, 팀의 구성과 역할을 소개하고 업무에 대한 개
괄적인 배경지식과 "Why"라는 질문에 대한 답을 먼저 주고 OJT
를 받을 수 있게 배려해야만 한다. 그래야만 업무 습득력이 높아
지고 기초에 충실할 수 있어 장기적으로 본인과 회사에 많은 도
움이 될 수 있다.

메모를 생활화 하자

분명히 해두겠지만 우리는 천재나 수재가 아니다. 모든 것을 다 외울 수도 없고, 갑자기 떠오른 아이디어를 영원히 기억할 수도 없다. 메모를 생활화함으로써 꼼꼼함을 기를 수 있고 그 꼼꼼함이 바로 업무 실력으로 연결된다.

회사에서 필요한 능력은 학교에서 배운 것과는 약간은 차이가 있다. 기술 쪽 분야에서는 조금 다르겠지만 통상 순발력, 판단력, 꼼꼼함 그리고 미소를 지으며 고개를 숙이는 인사성만 있으면 회사 생활의 90%는 이미 먹고 들어간다. 곱씹어 보면 공부보다 훨씬 쉽다.

아무리 가벼운 면담이라도 상사가 요청할 때는 반드시 수첩을 가져가야만 한다. 좋은 이미지 형성에도 필수적이기에

플러스되는 인사평가 점수는 덤일 수도 있다. 손 때 묻은 연도별 업무 수첩은 짐일 수도 있지만 당신이 살아온 궤적이며 소 역사가 될 수 있음을 기억하자. 그리고 그 해에 얼마나 일을 많이 했는지 다소 적게 했는지도 기억할 수 있는 도구가 될 것이며, 은퇴 후에 한 분야의 전문가로서 책을 펴낼 기초자료가 될 수도 있다. 그러니, 지금이라도 당신의 아이디어와 할 일을 펜을 들어 수첩과 메모지에 적어 내려가길 바란다.

시각의 차이점을 인식하자

실무자의 보고서는 자신의 관점에서 작성하기에 관리자가 바라보는 시각과 다른 용어와 문장의 형태로 구성되는 경향성이 있다. 그러나 관리자는 분명히도 그걸 원하는 게 아니다. 실무자는 실무자로서의 일을 하면 되는 것이지만 관리자는 업무 보고서를 통해 의사결정을 내릴 수 있는지 여부를 먼저 생각하기 때문이다.

의사결정자의 시각으로 보고서를 작성하는 연습을 평소 충분히 해 둔다면, 본인이 장래 관리자가 되었을 때 의사결정을 정확하고 빠르게 내릴 수 있는 판단력을 자신도 모르게 깨우치게 된다. 잊지 마라. 당신의 시각이 여전히 Working Staff Level 이라면 그 시각을 한 단계 끌어올려야 관리자가 될 수 있다.

때로는 한발 떨어져 사물을 보자

무엇인가에 몰입해 있으면 오히려 보이지 않는다. 숲을 보려면 숲에서 멀어져야 하고, 파리의 에펠탑을 사진을 담으려면 광각렌즈를 들고 최대한 탑에서 멀리 떨어져야 한다. 우리는 모두 회사에서 스트레스를 받고 업무에 집중하고 있다. 그러나 그 시점에는 해답이 보이지 않는다.

운항 스케줄러 시절 9.11테러가 터지며 전화와 도트 프린터의 전문이 쉴 새 없이 각자의 소음으로 울리는 경험을 했다는 이야기는 전술하였다.

그 당시 나는 그 정신없는 상황에서 약 10여 분간 의도적으로 사무실을 비웠음을 이제야 솔직히 말할 수 있다. 그 전화와 전문을 미친 듯이 따라가다 보면 오히려 내가 그 일에 끌려다니

✈

게 되기 때문에 주도적으로 업무를 내 방식대로 끌어 나갈 수 없었다. 그래서 오히려 그냥 내버려 두고 사무실을 나와 버렸다.

잠시 머리를 식힌 후 사무실로 복귀하여 도트프린터를 끄고 10여 미터가 족히 되어 보이는 프린터 용지를 차곡차곡 접으며 전문 내용을 읽어 내려갔다. 자를 대고 칼로 잘라서 찬찬히 보며 버릴 것은 버리고 중복된 것은 치워버렸다. 그러자 내 손에 남은 중요 전문은 사실 몇 개 되지 않았다.

전화도 3대 정도만 남겨두고 선을 뽑아 버리니 중요하지 않거나 시급하지 않은 전화가 줄었다. 어차피 중요한 전화라면 별의별 방법을 다 써서라도 연락이 올 것이기에 별로 걱정이 되지도 않았다.

항상 해 오던 방식이 맞지 않을 수 있다는 혁신적인 아이디어도 사물에서 떨어져야만 보이는 광각의 시각에서 비롯한다. 너무 정신없고 힘들 땐 오히려 거기서 벗어나서 커피를 한잔하던지 아니면 하늘을 보면 된다. 그러면 새로운 아이디어도 생기고 내가 무엇을 잘못 수행하고 있었는지도 깨닫게 된다. 그러니 우리 가끔 하늘을 보자. 그래도 괜찮다. 당신이 숨을 돌리는 그 10분 사이 세상은 결코 망하지 않는다.

장기적 관점에서 판단하자

NIMBY^{Not In My Back Yard} 현상을 알 것이다. 그 축약어를 어디선가 이렇게 변형한 어구를 본 기억이 있다. NIMT^{Not In My Term}. 적어도 내 재임 시절에는 안돼요! 즉, 관리자는 내가 재임하는 기간에는 일이 벌어지거나 문제를 일으키고 싶어 하지 않는다. 때론 은퇴 후에도 부담이 될 수 있기 때문이다.

그래서 통상 장기적인 플랜보다는 단기적 관점에서 의사 결정을 하려는 경향성을 갖게 된다. 나의 재임 기간 중의 의사 결정에 의한 수익 창출이 비록 장기적으로는 독이 될지라도 개인의 영달에는 도움이 되기 때문이다.

그러나 쉽진 않겠지만 장기적인 관점에서 판단을 하고 의사 결정을 내리는 것이 바람직하다. 비록 당장의 이익에는 부

합하지 않을 지라도 장기적으로 도움이 되고 수익을 낼 수 있는
의사 결정이 나에게도 회사에게도 종국에는 좋은 결과를 가져
다 주리라고 소심하게 믿어 본다.

시작부터 계단의 끝을 보려 하지 말자

우리가 운전을 하며 어둠 속을 뚫고 내비게이션 없이 서울에서 부산을 가고 있다고 가정해 보자. 헤드라이트 불빛은 기껏해야 수십 미터에 불과하다. 어둠 속에서 흰색 차선과 노란색 실선을 가이드 삼아 그저 헤드라이트 불빛이 비치는 딱 그만큼만 보면서 간다. 그러면 어느새 여명이 밝아오고 우리가 타고 있는 자동차는 부산에 도착해 있을 것이다. 그리고 실컷 맛있는 돼지국밥과 밀면 맛집만 찾으면 된다.

인생이 그러하다고 본다. 그저 하나하나의 계단을 올라가는데 충실하다 보면 어느샌가 정상에 올라와 있는 자신을 발견할 것이다. 산행을 할 때에도 힘들어서 고개를 푹 숙이고 한발 앞의 땅과 계단만 바라보게 된다. 그러고는 "얼마나 남았어요?"라고 내려오는 사람들에게 계속 묻는다. 그러면 늘 돌아오는 대답은 "다 왔어요. 바로 저기예요. 조금만 더 힘내세요"이다.

직장 생활의 경우에도 진급을 하기 위해 여기저기 사내 정치를 할 필요는 없어 보인다. 매일 같이 하는 루틴한 업무라도 충실하게 하다 보면 어느새 진급을 하고, 어느새 관리자의 위치에 올라가게 되어 있는 것이 세상 이치라고 본다. 다만 직장 생활에서는 성경에 나오는 것처럼 오른손이 하는 일을 왼손이 모르게 하지는 말아 달라.

너무 조급해하지도 말고 너무 멀리 내다보며 안절부절못할 필요도 없다. 그저 내 앞에 놓인 바로 그 계단 하나에만 집중하면서 천천히 자기만의 호흡으로 자신의 길을 가길 바란다.

한 직급 앞서 생각해보자

개인적으로는 회사 생활에서 이 부분도 상당히 중요하다고 본다. 사원은 대리처럼 생각하고 판단하고 업무를 처리하고, 대리는 과장처럼, 과장은 차장처럼, 차장은 부장처럼 해야 한다. 몸으로 하는 행동을 말하는 것이 아니다. 한 직급 아니 두 직급 아래로 낮추어 겸손해야만 하고, 판단 능력과 업무 실력은 한 직급을 높여서 하라는 말이다.

직장인은 모두 승격을 꿈꾼다. 그러나 승격을 하기 위한 방법은 잘 모른다. 그리고 막상 진급 후에도 사원처럼 일하다 약 6개월이 지나 대리님이라는 호칭이 익숙해질 즈음 에서야 대리처럼 일한다. 그러면, 회사는 인건비를 6개월 날린 것이다. 내가 인사 담당 임원이라면 이미 대리처럼 생각하고 판단하고 업무 처리를 하는 직원을 대리로 승격시킬 것이다. 그래야 회사는 최대한의 인건비 효율성을 제고할 수 있기 때문이다.

　　한 직급 앞서 생각함으로써 우리 스스로의 몸값도 올릴 수 있다. 프로 축구 선수가 이적료를 받고 유럽으로 진출하려면 지금 바로 당신의 소속팀에서 프리미어리그에서 뛰는 유명한 축구 선수처럼 볼을 다루면 된다. 지금 소속팀에서는 아주 잠시 동안만 당신에게 걸맞는 연봉을 주지 못할 뿐이다.

— 🗣 Advice 8 —
평판을 관리하자

사실 어느 부분 하나 중요하지 않다고 생각하는 주제는 없지만 이 주제 또한 중요하다고 본다.

미국은 의외로 입소문과 평판을 중요시한다. 전직을 하게 되더라도 이력서 하단에 전 직장의 상사나 동료의 추천사, 심지어 전화번호까지 들어가는 경우가 많다. 그럼 면접을 진행한 회사는 직접 전 직장으로 전화를 걸어 그 사람의 평판을 물어보는 것이다. 살아온 길이 믿을 만한 사람이면 우리에게 와서도 다시 또 믿을 만한 사람이 될 것이 때문이다.

그렇다고 평판에만 집착해서는 안 된다. 당신이 정치인이나 연예인은 아니지 않은가.

✈

의사소통 능력을 키우자

소통 소통하면서도 우리 같은 구 세대들은 일방적 소통을 양방향의 소통이라고 착각한다. 노무 업무를 하면서 깨달은 것이 있다. 노무의 기본은 '경청'이라는 것이다. 스케줄러를 하면서 직원의 실수에 불만을 제기하는 조종사도, 노조원도, 공항에서 마주치는 손님도 결국 그분들의 이야기를 들어달라는 것이 궁극적 목적이다.

일단 들어주면 불만의 최소 50%는 가라앉고 본연의 문제도 어느 정도는 해결된다. 그리고 또 공감까지 하면 더욱 좋다. 먼저 듣고 그 사람들의 눈높이에서 이야기 나누는 것, 바로 그것이 소통이다.

외국어 하나 정도는 정통하자

살면서 모국어를 제외한 외국어의 활용 능력은 인생의 향방을 좌우할 수도 있다. 바벨탑이 무너지고 인간의 언어가 제 각각으로 나뉜 다음부터 인간은 부단히 다른 언어를 배우기 위해 노력하고 발전해 왔다.

단순히 Noam Chomsky의 책에서 얻을 수 있는 언어학적 측면에서가 아니라, 우리가 살아가는 데 있어서도 중요하다. 회사에 취업 후 해외 주재원을 갈 수 있는 기회를 잡기 위해서는 필수적으로 쓰고 듣고 말하는 어학 실력을 평소에 갈고닦아 놓아야 한다.

특히 영어는 항공사를 취업한 이후 저렴한 티켓을 이용해 온 세상을 여행하기 위해서도 필요하고, 영미문학 작품을 읽

으며 풍부한 지적 감성을 기르는데도 필요하다. Harry Potter 양
장본을 원서로 읽었을 때 그 생생한 기분은 상상할 수 없을 만큼
컸고, 마치 내가 정말 마법사가 된 기분이었다.

업무적으로 필요하다는 건 말할 필요도 없다. 우리 회사
엔 외국인 조종사와 외국인 캐빈 승무원도 다수가 포진해 있으
며, 공항 카운터에선 외국인 손님이 당신을 쳐다보며 수속 차례
를 기다리고 있을 것이다.

사족으로 하와이주립대학교의 한국어학당은 미국 내에
서도 유명하다. 하와이로 유학을 떠나 한국어를 전공해 보는 것
도 괜찮다.

문서 작성 능력을 갖추자

책을 읽어야 한다. 많은 책을 읽을수록 더 좋은 글을 쓸 수 있다. 드라마 〈미생〉의 한 장면에서도 보고서를 줄이고 줄이고 또 줄이는 연습을 하는 장면이 나온다는 것은 그만큼 중요하다는 뜻이 아닐까. 함축적으로 세부적으로 보고서를 잘 작성해야 성공할 수 있다.

보고서 작성의 약간의 팁만 전달하겠다. 지면이 허락하는 범위 내에서만 주요 포인트를 담았다.

첫째, 보고서는 무조건 친절해야 한다. 많이 고민하여 함축하고 정제된 단어가 사용되는 보고서를 결재하면서도 상사가 질문을 던지지 않는다면 최고의 보고서라고 평가될 수 있다. 넣고 싶은 내용을 다 넣으면서도 함축적인 보고서가 좋은 보고서다.

둘째, 통상적으로 실무자는 상황적 배경과 실무적 내용을 장황하게 설명 후 맨 마지막에 결론을 적요하는 경향성이 있다. 그러나 상사는 대부분 바쁘다. 바쁘지 않아도 바쁜 척을 하고 싶어 한다. 성격이 급한 상사일수록 더더욱 그렇게 당신을 몰아칠 터이니 보고서의 서두에 결론을 어느 정도 암시한 후 실무적 자료들은 뒤에 배치하고 필요에 따라 첨부 파일 형태로 첨언하는 것이 바람직하다.

셋째, 때론 상사의 스타일에 맞추어야 한다. 그/그녀의 스타일에 따라 간결체와 만연체의 방식을 달리해야 하니 몇 번 보고를 드린 후 동일한 지적을 받게 된다면 내가 옳다는 생각은 잠시 접어두고 그/그녀의 스타일에 맞추는 게 좋다. 당신이 선호하는 방식은 당신이 높은 자리 올라간 후 주장해도 늦지 않다.

넷째, 반드시 대안을 제시하고 장단점이 분석된 보고서야 한다. 그냥 던지고는 당신이 판단하세요라는 식의 보고서는 짜증을 불러일으킨다. 상사도 실무자의 관점에서 뭐가 문제인지 뭐가 이득인지를 듣고 싶어 할 테니 그건 당신이 생각한 바대로 설명하면 된다.

다섯째, 숫자와 데이터, 표, 첨부자료를 잘 활용해야 한다. 말로만 해서는 믿을 수가 없다. 이 혼란한 세상에 나도 못 믿겠는데 누구를 믿을 수 있겠는가? 말로 된 보고서에 대한 근거와 논거 그리고 숫자로 보이는 합리성은 충분히 당신의 노력을 말하지 않아도 설명해 줄 수 있다.

최대한 당신이 설명하려고 하는 근거를 숫자로 제시하되, 결론에 필요한 숫자를 강조하고 전면에 배치함으로써 거짓말을 하지 않고도 충분히 당신이 원하는 합리적 방향을 이끌어내고 상사의 동의를 얻어낼 수 있을 것이다. 즉, 상사의 결정은 결국 당신의 결정에 의해 유도되는 것이라 보면 된다.

그리고 그 방법은 최대한 숫자를 적절하게 활용하는 것이다. 숫자를 다루기 위해선 반드시 기초 정도의 회계 상식은 알고 입사를 하자. 어차피 사장이 되면 하루 종일 보고받는 내용이 영업이익이 어쩌고 당기순이익이 어쩌고니까. 덧붙여 환율 유가에 대한 지식도 미리미리 뉴스를 통해 그 원리를 깨우쳐 두자. 본인의 투자에도 좋은 것은 덤이다.

참고로 보고서 작성을 위해 어렵게 배운 워드와 엑셀을 회사를 위해서만 쓰진 말자. 본인의 자산관리를 위해서도 복잡한 함수를 걸어 회사에서 작성한 보고서보다 더욱 정성스럽게 만들고, 각종 워드의 고급 기법을 적용하여 사업기획서나 인생계획서 정도는 작성해 두는 것이 내 삶에 있어 더욱 가치 있는 일일 것이다.

중요한 순간엔 술에 취하지 말자

전 세계를 여행하며 만난 사람들의 공통점은 결국 술이 얼큰하게 취해서야 진심과 내면이 발현된다는 것이었다. 인류가 선사시대에 우연히 떨어진 포도를 밟은 후 만들어진 술이란 그런 마력을 가지고 있다.

예를 들어 당신의 상사가 당신을 진급시키고 싶어 하는데 말할 수 없었다면 술 취한 상태에서 의중이라도 살며시 나올 수 있다. 그때 당신이 취해서 그걸 놓치면 안 된다. 그러니 분위기가 너무 좋아 아무리 취했다고 해도 절대 중요한 이야기가 오가는 순간엔 별 방법을 다 써서라도 귀를 열고 기억하는 게 좋다.

진짜 소중한 건 회사보다 나다

일만 잘해서도 평판만 좋아서도 보고서만 잘 써서도 술을 잘 마시기만 해도 안된다. 무엇보다 중요한 건 퇴근 후 운동, 취미, 투자, 연애에도 더더욱 집중해야 한다는 사실이다.

좋은 직장에 취업하고자 하는 이유가 무엇인가 생각해보자. 연봉이 높은 것도 중요하지만 결국 그 돈을 벌어 행복하게 살고자 하는 목적 아닌가? 물론 일을 하면서 느끼는 보람도 중요하지만, 그 보람도 인맥도 결국 나와 내 가족이 행복하기 위한 과정일 뿐이다.

사람마다 다르겠지만 이 세상에서 제일 중요한 것은 나 자신, 그리고 가족이라고 생각한다.

— 🗣 Advice 14 —
잘 나갈 때 후배에게 잘하자

회사에서 아무리 잘나가고 승승장구해도 언젠가는 끝이 있고 마지막이 기다리고 있다. 그 순간이 오면 우린 어쩔 수 없이 동네 아저씨, 동네 아줌마로 돌아갈 수밖에 없다. 그게 세상 이치다. 그러니 있는 동안에 잘 나간다고 생각하는 동안에 전성기라고 믿는 그 순간에 후배들을 챙기는 것이 백배 낫다. 은퇴 후 당신에게 삼겹살에 소주 한잔 사줄 사람은 가족과 친구 그리고 아직은 현직에 있는 후배들 뿐이다.

또한, 당신이 면접을 본 바로 그 어린 신입사원이 나중에 인사 팀장이 되어 당신에게 희망퇴직을 알리는 러브레터를 보낼 것이기 때문이다.

애정을 가지고 진심으로 대하자

회사 생활도 결국 모두 사람이 하는 일이다. 하루 대부분의 시간을 회사에서 보내는 직장인이 내가 하는 일과 주변 동료들을 증오하고 미워한다면 그런 지옥이 어디 있겠는가.

애정 하는 마음과 진심 어린 마음을 이길 수 있는 건 아무것도 없다. 동료를 존중하고 진심으로 업무에 임한다면 성공에 더 가까워질 것이다. 직장 생활뿐 아니라 사업도 마찬가지일 것이라 믿는다.

자신의 권리를 존중하자

관련 부서에서 오랫동안 업무를 했던 사람으로서 후배들에게 말해주고 싶은 것이 있다. 아주 간단한 노동법근로기준법과 회사의 취업규칙 정도는 반드시 읽어봐야 한다는 것이다. 근로자로서의 권리와 아주 밀접한 관련이 있기에 사실 업무보다 더욱더 지식의 정도가 높아야 할 수도 있다. 재미가 있는 부분은 아니니 몇 가지 중요한 내용만 적어 내려가도록 하겠다.

노동 3권에는 단결권, 단체교섭권, 단체행동권이 있다. 즉, 우리 같은 노동자는 노동조합을 설립하고 회사와 협상을 할 수 있으며, 필요시 파업 등의 단체행동을 할 권리를 법적으로 보장받는다. 취업을 하게 되면 회사와 근로계약을 하게 되는데 근로계약서에는 반드시 계약기간, 임금, 근로시간, 휴일, 휴가, 퇴직금 등의 내용이 명시되어 있을 것이다.

내 월급이 '왜 이것밖에 안 들어왔지?'라는 생각은 하지 말고 지금 당장 취업규칙을 정독하고, 연차 휴가 산정 방식과 평균 임금, 통상 임금의 차이 정도는 숙독해두자. 내년에 얼마나 휴가를 사용해서 여행을 갈 수 있을지 알고 있어야 하며, 임금 관련 지식은 연장, 야간, 연차 휴가 수당 및 퇴직금 산정을 위한 기초가 되어 여행 경비와 생활비를 추정할 수 있기 때문이다.

특히, 퇴직금은 만 1년 이상 근속한 자에게 지급하며, 퇴직 시점을 기준으로 30일분의 평균임금을 근속연수에 반영하여 계산한다. 어려우면 포털 사이트에 '퇴직금 계산기'가 있으니 찾아보자. 퇴직금은 우선변제권을 갖고 있어, 설사 회사가 파산하더라도 남은 자산으로 최우선적으로 근로자에게 제공해야만 하며, 설사 징계해고가 되더라도 받을 수 있다. 퇴직 후 14일 안에 지급 의무가 있다는 것도 알아두자.

산업재해 관련 법 내용도 일부는 알고 있어야 업무를 하다 부상을 입더라도 본인의 권리를 명확하게 주장할 수 있다. 예를 들어 최근에는 과거와 달리 교통수단과 상관없이 평소에 출퇴근하던 경로에서 일어난 사고는 산업재해로 인정받는 판례가 쌓이고 있으니 알고 있어서 나쁠 것은 없다. 물론, 복잡하니 남의 일이라고 생각해서 등한시해도 된다. 노무사나 법무사에게 피땀 흘려 번 돈을 주고 맡기면 되기 때문이다.

항덕이 되기 위한
잡다한 지식

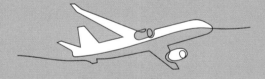

제일 궁금한 건 조종사 연봉

민간항공사 운항승무원이 되기 위한 과정들과 관련 자격증 취득 방법, 소요비용 및 기간을 설명하고 있는 책자는 수없이 많고 간단한 인터넷 검색을 통해서도 얻을 수 있으니 본 책에서는 설명을 생략하도록 하고, 어렵사리 항공사에 입사 후 과정에 대해서 간략하게 기술하고 싶다.

초기 조종훈련생으로 입사 후에도 운항훈련 경험 절차에서 요구하는 지난한 지상 학술 훈련과 Simulator 훈련과정을 거쳐 무사히 최종 심사를 통과하게 되면 소형기 부기장으로 어깨에 3줄짜리 견장을 달게 된다.

훈련과정을 마쳤으니 더 이상 교관이 동승할 필요는 없지만 아직은 초보 부조종사이기에 비행시간이 많은 고경력 기장과 함께 편조가 된다. 그리고 오히려 기장님의 비행경력이 높다는 이유로 접근절차 등이 다소 어려운 등급이 낮은 공항을 위주로 비행하게 된다.

소형기는 주로 국내선과 중단거리 국제선 노선에 투입되기에 짧은 구간에서 이착륙 경험을 충분히 하며 기량을 빠르게 끌어올릴 수 있다는 장점과, 미주와 유럽 등의 장거리 비행에서 오는 시차 부적응은 거의 없다는 점, 집안 대소사와 지인 부모님의 부고 소식에도 다소간은 부담 없이 응할 수 있겠지만 유명 관광지에서 장시간 체류할 수 있는 기회는 없다. 그런 기회는 운항 승무원에게 주어지는 별도의 확약 가능한 비즈니스 클래스 제공 혜택을 통해 여행으로 즐겨야만 한다.

또한, 국내의 계절별 다변하는 기상 상황하에서 비행을 하기 때문에 봄에는 미세먼지와 저시정, 여름엔 장마철의 폭우와 바람, 가을에는 수시로 발생하는 태풍, 겨울엔 폭설이 쏟아지는 악기상을 맞아 오롯이 130여 석의 소형 비행기 조종석 내부에서 고군분투할 수밖에 없다. 항공편이 지연되면 화장실 갈 틈도 없이 다시 체크리스트를 들고 비행 준비를 해야만 하기 때문에 이미 식어버린 도시락을 먹으며 내가 이러려고 조종사가 되었나 하는 생각을 수없이 하게 될 것이다.

서서히 국내 지방 도시에서 보내는 하룻밤의 레이오버도 익숙해지고, 순간 풍속이 30 knots를 넘나드는 강한 측풍에서도 기장님과 호흡을 맞추며 이착륙풍속에 따라 부기장에게 조종 위임은 제한이 되기도 한다이 익숙해질 무렵, 그리고 동남아의 호텔 객실에서 흔히 발견되는 Gecko에도 익숙해질 무렵이면 어느새 고경력 부기장이 되어 이제는 신임 기장님과 함께 비행을 해야만 하기 때문에 매일 같이 긴장을 늦추지 않아야 한다. 한편, 신입 부기장일 때는 주저했었던 "Go-Around!"를 외치며 적극적 조언을 하고 있는 자신을 발견할 수 있을 것이다.

　　일본, 중국, 동남아 레이오버 호텔 근처의 맛집은 이미 머릿속에 지도가 펼쳐질 정도로 완벽하게 꿰뚫게 되고 2SET Quick Turn기장 2명, 부기장 2명으로 동남아의 도시를 다녀오는 피곤함에도 젖어들 무렵이면 어느새 대형기로의 전환이 기다리고 있다.

　　해외 체류가 길어지는 대형기로의 전환은 알콩달콩 깨를 볶아야 할 신혼부부에게는 사랑하는 부인의 얼굴을 보고 싶을 때마다 볼 수 없는 최악의 신혼 생활을 선사할 것이고, 갓 태어난 딸의 통통한 볼살을 호텔 방 안에서 동영상으로 감상해야만 하겠지만, 그나마 휴일을 몰아서 쉴 수 있는 기회가 많아지고 늘어난 비행시간과 비행수당 단가가 가정경제에 일말의 도움을 줄 수도 있을 것이다.

　　소형기의 김포 제주GMP/CJU 구간을 예로 들면 1시간 5분 정도의 비행시간이 쌓이지만 대형기에서 인천 엘에이ICN/LAX 구간은 편도에만 10시간이 넘는다. 그 안에 야간수당, O/T 수당, 화물기 별도 수당까지 더해지기에 통상 중소형기 대비 대형기의 급여 수준이 높다.

　　미주의 대도시에 익숙해지고 때로는 Charter 항공편을 통해 북유럽을 일주일간 레이오버할 수 있는 기회가 있다거나 중동지역에 국방부 전세기 운항편을 비행해야 하는 경우도 생길 것이고, 각 국가의 미터법이냐 마일법이냐를 짧은 시간 내에 조종석에서 계산하며 헷갈리는 경험을 할 것이다.

　　졸음을 참으며 밤을 새우는 고됨도 겪어야 하고, 특히 화물기의 경우 지연이나 결항으로 인해 복항편이 늦어져서 예정된 친구와의 약속을 지키지 못할 수도 있으며, 연로하신 부모님의 부고에도 당장 돌아올 수 있는 비행편이 없어 발만 동동 구르다가 호텔 방 안에서 한국을 향해 큰 절을 올려야 할 수도 있다.

　　대화가 잘 통하지 않는 기장님과의 장시간 비행을 감내해야 하는 고통을 겪다가 몰래 팀장에게 언매치여러 가지 사유로 일부 기장이나 부기장을 상대로 같은 편조를 넣지 않도록 요청하는 제도를 신청할 수도 있을 것이고, 해외에서 공수해오는 유명 브랜드의 저렴한 아기 옷과 아웃렛 물품들은 조종사 남편을 둔 아내의 지인들에게 부러움을 사게 할 것이다.

　　그래도 눈보라가 몰아치는 뉴욕JFK 공항에서 단 한 번의 ATCAir Traffic Control도 놓치지 않고 교신하며 여러 개의 활주로 사이로 항공기가 착륙해야 하는 활주로 방향을 명확히 찾아내어 랜딩기어를 내려야 할 것이며, 시차가 맞지 않아 생기는 불면의 밤들을 어린 딸의 사진을 보며 밤새 멀뚱멀뚱 보내야 하는 힘든 경험을 하게 될 것이다.

대형기 부기장으로서 경력도 어느 정도 쌓이게 되면 이제 ATPLAirline Transportation Pilot License, 운송용 조종사 자격을 취득하고 기장이 될 준비를 해야 한다. PUCPre Upgrade Confirmation를 통과하고 소형기 기장 승격을 어렵게 통과하면 어느새 어깨 위의 견장은 4줄이 되어있을 것이다.

익숙했었지만 오래 떨어져 살아서 다시 어색해진 소형기로 제주공항에서의 이착륙을 수없이 반복하다가 갑자기 야밤에 전화를 받고 익일 기상악화로 인해 500시간 미만의 기장은 규정상 비행이 불가하다는 스케줄러의 전화기 너머 소리가 반갑게 들리기도 할 것이다.

CAT II/III 자격 취득 전까지는 맑은 가을 하늘 같은 상대적으로 좋은 기상 하에서만 비행을 하게 되고, 등급이 높아 접근절차가 쉽다고 전언되는 공항 위주로 비행을 하며 경력을 쌓게 될 것이다. 때로는 측풍이 20Knots에 Gust Wind 25Knots인 상황하에서도 고경력의 부기장의 조언을 들으며 안전하게 제주에 착륙해야만 한다.

경력이 쌓여가며 지식이 충만해지면 학술, Simulator, 비행 교관이 되어 조종석의 우측에서 기장 승격 훈련생이 이착륙하는 것을 지도해야 하며, 심사관으로 선발되면 그 간의 비행 경험과 지식을 활용하여 공정하게 평가하기 위해 또다시 공부를 열심히 해야 할 것이다.

드디어 대형기로의 전환 순번이 왔다. B747 화물기는 경험해 본 적이 없지만 오랜 기간 기장으로서 체득한 경험과 지식이 안전하게 비행할 수 있도록 도움을 줄 것이고, 상상치도 못한 화물기의 지연과 결항을 겪으며 또다시 교관으로, 심사관으로서 비행을 하다 보면 어느새 노안으로 조종석의 계기판을 바라보는 눈이 흐릿해지고 있음을 느낄 것이다. 침침해진 눈을 비벼가며 15시간 이상의 밤샘 비행을 하루 이틀의 휴식으로 회복해야만 하기에 영양제를 챙겨 먹고 운동도 꾸준히 해야만 한다.

엊그제는 미주로 오늘은 유럽으로 가는 비행편으로 인해 체력은 나날이 떨어져 가고 새벽과 밤낮을 가리지 않는 정시 출발을 지키기 위한 공항철도 첫편과 야간 택시에도 익숙해져 간다. 대학 동창들은 이미 은퇴했지만, 60세까지 비행에서 이벤트가 없이 안전하게 업무를 완수해 왔기에 좋은 평판을 얻고 촉탁직으로 사번을 다시 부여받고 최대 65세까지 비행을 이어갈 수 있다.

드디어 65세가 되던 생년월의 마지막 비행을 마치고 인천국제공항에 도착했다. 공항에서 플래카드를 들고 기다리고 있는 가족들과 후배 조종사들의 격한 포옹과 악수가 너무 감사하다. 더 이상 민간항공기 조종사로서 하늘을 날 수 없겠지만 안전하게 비행해 온 인생이 자랑스럽다고 느껴질 때 손주를 안고 공항 밖을 나서는 나를 발견한다.

이제 인생의 2막을 위해 CAE세계 최대 시뮬레이터 제작 및 조종사 양성 기업의 Simulator 교관이나 국토교통부의 운항 감독관에 도전해 보거나 일반적인 직장인들에 비해 많은 연봉을 받아 모아둔 자금으로 재테크를 열심히 한 아내 덕분에 편히 여생을 보낼 수도 있을 것이다.

위 내용이 다소 소설처럼 묘사하였지만 한국계 FSCFull Service Carrier 입사 후 운항승무원의 일생은 상기 기술한 바에서 크게 다르지 않을 것이다.

조종사의 급여는 통상 기본급과 상여금, 비행수당으로 나뉘어 있으며 기본급과 상여는 일반직과 동일하게 각자의 급여 테이블에 따라 지급받게 되지만, 비행 수당은 중소형기와 대형기, 기장과 부기장의 수당 테이블이 각각 다르며 비행하는 월에 최소 30시간의 비행을 수행해야만현지 도시에 포지셔닝을 위한 Deadheading 시간 불포함 75시간의 비행 보장수당을 받을 수 있다.

만약 개인적인 사정으로 1개월 동안 30시간 미만의 비행을 수행하는 경우 실제 비행한 만큼만 비행 수당을 받게 된다.

월간 비행시간은 기종마다 큰 차이가 있으며, 코로나 이전을 기준으로 중소형기는 월간 약 40~60여 시간, 대형기는 70~90시간 정도를 비행하게 된다.

진급의 경우 부기장에서 기장으로 승격을 하게 되면 당연히 급여가 상승되지만, 부기장 직급 내에서도 선임, 수석 부기장으로의 내부 승격이 있어 얼마간 급여 상승이 일어나기도 한다. 또한 단거리 비행의 경우 이착륙 수당, 장거리 비행의 경우 해외 공항에 도착 후 출발까지의 현지 체류 시간에 대해서 시간당 단가를 곱하여 지급되는 국제선 레이오버 Per-diem이 있으며, 지역에 따라 호텔 내에서 조식이 포함되어 제공되기도 한다. 연장, 야간비행수당은 당연히 지급되며 화물기에 대한 별도 수당도 지급된다. 75시간 이상 비행을 하게 되면 그 비율에 따라 150~200%로 할증하여 비행 수당이 지급되도록 설정되어 있기도 하다.

그에 따라, FSC 조종사의 연봉을 대략적으로 따져보면, 세전 기준으로 소형기 부기장은 약 1억을 상회하는 수준, 기장은 약 1억 대 중후반의 급여가 지급되는 반면, 대형기의 경우 부기장은 약 1억 초 중반 수준, 경력 많은 기장은 Per-diem 포함 2억 대의 연봉이 지급된다. 교관이나 심사관의 경우 별도의 교관 수당이나 심사관 수당이 추가되어 거기서 약간 더 높다고 생각하면 된다.

일반적 급여를 제외하고도 일 년에 한 번 해외여행을 할 수 있는 확약 가능한 비즈니스석 항공권 2매 및 소정의 여행비가 지급되고, 타 직종과 마찬가지로 학자금 혜택 등은 동일하다. 즉, 회사에서 지급되는 급여 성격의 직접비 외에도 간접비까지 포함하면 엄청난 인건비가 소요된다고 생각하면 된다.

휴일은 중소형기의 경우 코로나19 이전의 정상적 상황 하에서 월간 약 9-10일 정도의 휴무가 부여되며, 당연하게도 휴가는 별도로 부여된다. 대형기의 경우 기종에 따라 많은 차이가 있지만 많게는 월 10-12일의 휴무가 주어지기도 한다.

근무환경은 중소형기는 주로 1SET기장 1명, 부기장 1명으로 일본, 중국, 동남아 등 중단거리를 운항하며 하루 최대 5Leg비행시간으로는 약 5시간까지 비행할 수 있으며, 대형기는 미주와 유럽 호주 등 장거리를 운항하며 2SET기장 2명, 부기장 2명으로 비행하는 경우 10시간의 비행시간 중 5시간은 조종석에서 나머지 5시간은 퍼스트나 비즈니스석에서 휴식을 취하며 비행을 한다.

언뜻 보면 업무 강도에 비해서 많은 돈을 받거나 혜택이 많아 보이지만, 매년 정밀한 신체검사를 통과해야 하고, 일 년에 2번 Simulator 심사 및 1번의 비행 심사를 통과해야 한다. 한편, 기종 전환과 기장 승격 시에도 계속 공부를 하고 훈련을 받아 심사를 통과해야 하는 고도의 스트레스가 상존한다. 그 밖에도 수시 심사 및 국토교통부 심사 등도 기다리고 있다.

순항 시에도 마찬가지이겠지만 특히 이착륙 시에는 고도의 집중력이 요구된다. 시시각각 변하는 기상과 활주로 상태, 현지 공항의 특수성에 따라 집중력을 놓치지 않고 A380 항공기 기준 최대 500여 명의 승객을 태운 항공기를 안전하게 착륙시켜야만 한다. 그런 집중도와 피로도를 감안하여 법률적으로도 엄격하게 조종사의 근무 및 비행시간을 관리하고 있고, 연간 1,000시간 이상의 비행을 못 하게 법적으로 규제하는 등 많은 제약을 두고 있다.

간혹 해외여행 중에 항공기가 기상이나 정비로 지연되었는데, 조종사의 휴식시간으로 인해 추가 지연되는 경우도 있다. 그런 경우 일부 손님들이 이해를 하지 못하고 항의를 하는 것을 본 적이 있다. 한국에서 비정상 상황이 발생하면 즉시 스탠바이 승무원을 투입하여 교체가 가능하나 해외에서는 교체가 가능한 조종사가 없기 때문에 법에서 정한 소정의 휴식시간을 반드시 지켜야만 출발할 수 있다.

최근 이슈가 되고 있는 우크라이나-러시아 간 전쟁으로 인해 미 동부지역 출발편은 최단거리의 항로를 이용하지 못하고 우회항로를 사용 중이기에 2SET으로 편조된 승무원의 최대 승무 시간 기준인 16시간을 넘어서는 사례가 있어 비정상 상황이 발생할 수밖에 없다. 그럴 때는 기착지를 경유하여 승무원 교체를 하고 운항하는 방법 외에는 별다른 해법이 없다.

즉, 구간별, 시간별, 기상, 천재지변, ATC, 항공기 정비 상태에 따라 간혹 내가 예약한 비행편이 운항승무원의 최대 근무 시간 규정으로 인해 추가 지연이 되거나 운항이 불가능한 상황이 있을 수도 있다는 점을 기억해 두기 바란다.

조종사가 불의의 사고나 질병 등으로 인해 비행이 불가능하게 될 경우에도, 회사는 2년간 정상적 급여를 지급하며 비행할 수 있는 몸 상태가 될 수 있도록 기다려 준다. 2년이 지나 비행 불가 판정이 되더라도 조합의 공제회나 회사의 사우회에 가입되어 있으면, 더 이상 운항승무원으로서 직무를 수행할 수 없음을 감안하여 면장상실보험의 혜택을 받아 일정 수준의 금액을 지급받을 수 있다.

일반직에 비해 정년 연령도 높다고 볼 수 있다. 이론적으로는 60세까지가 정년이나 기종별로 운항승무원이 부족한 경우에는 65세까지 계약직으로 비행을 추가적으로 할 수 있다. 운항승무원의 양성은 단기간 내에 이루어질 수 없기 때문에 즉시 운용 가능한 60세 이상의 승무원을 추가 고용하거나 외국인 조종사를 채용하는 것이다.

65세가 지난 후에도 전문 Simulator 교육기관 등에서 교관으로 채용되거나 국토부의 운항 감독관으로 70세가 넘어서까지 일하는 행운을 얻을 수도 있다.

운항승무원이 되기 위해서는 공군사관학교에서 젊음을

바쳐가며 조국을 위해 목숨을 걸어야 하거나, 국내/해외의 유수 양성기관에서 상당한 기간과 자금을 투자하여 비행에 필요한 자격증을 취득한 후 취업이 가능하다. 그렇기 때문에 초기에 투자되는 시간과 노력이 상상 이상으로 크지만, 그 모든 희생을 상쇄할 만한 매력적인 직업임에는 틀림이 없으므로 하늘을 비행하는 꿈을 꾸며 도전해 보기를 바란다.

캐빈승무원과 또 다른 직종들

　　수없이 많은 졸업생들이 항공사의 캐빈승무원으로 취업하길 희망한다. 취업 시 상당한 경쟁률을 뚫어야 하는데 코로나19 이전을 기준으로 당사의 경우 약 100:1을 통과해야 최종 합격 통지서를 받을 수 있다.

　　나는 사실 그쪽 분야에 대해서는 전문가가 아니다. 다만, 캐빈승무원이라는 직종이 꿈꾸어왔던 직업과는 괴리가 깊어 단시간 내에 이직률이 상당히 높은 직군이라는 것도 알아 두었으면 한다.

　　캐빈승무원이 되면 시차와 밤샘 비행으로 인한 피곤에 적응해야 하고, 뛰어내릴 수도 없고 피할 수도 없는 협소한 공간에서 길게는 15시간 이상을 여러 성향의 손님을 응대해야 하는 등 화려한 겉면과는 다른 어려움이 상존한다.

취업을 하기 위해서 무엇을 준비해야 하는지는 너튜브에 손가락 몇 번만으로 감을 잡을 수 있어 부연 설명이 필요 없겠지만, 실무 면접관으로서 5~6차례 면접 경험을 가지고 있는 팀장으로서 한마디 거든다면, 너무 튀지도 말고 너무 평범해 보이지도 말라는 것이다. 그리고 항공사마다 선호하는 캐빈승무원의 경향성이 있다는 점도 첨언해 두겠다. 그러니 학원에서 일괄적으로 교육하는 내용을 등한시해서도 안 되겠지만 너무 맹신해서도 안된다.

사실 글을 쓰면서도 나조차도 어렵게 느껴진다. 면접관은 많게는 하루에 100여 명 이상의 지원자를 짧은 시간 내에 판별해야 한다. 하나의 순번에 약 8~10명의 지원자들이 실무 면접을 위해 일렬로 입장하여 최대 인당 2~3번 정도의 짧은 답변 기회를 마치고 퇴장하게 되는데, 그 사이 면접관에게 어필할 수 있는 방법은 단정한 용모 외에도 간절한 눈빛, 그리고 명료하고 명확한 발음을 통해 발성되는 자신감 넘치는 말투가 대부분을 차지할 것 같다.

솔직히 답변 내용은 그다지 변별성 있게 느껴지지 않았던 것으로 기억한다. 면접관들은 어느 정도 정해진 범위 내에서만 질문을 던지기 때문에, "환율 상승으로 인한 원화의 통화 가치 하락을 막을 수 있는 방법이 무엇일까요?"라는 터무니없는 질문은 하지 않는다. 그러니 답변 또한 어느 정도 정형화를 피할 수 없지 않을까 한다.

다만 학원에서 배운 대로 자신의 생각이 전혀 들어가지 않은 천편일률적인 답변을 수없이 거울을 보고 연습한 미소로 가린 채 앵무새처럼 반복하는 것을 면접관은 모를 수 없다. 팀장급의 면접관은 이미 사회생활을 20년 이상 해왔기에 그 정도의 눈치는 있다고 보는 것이 맞다.

또한 면접관의 입장에서는 하루 동안 너무도 많은 지원자를 보고 짧은 시간 내에 평가를 마쳐야 하기 때문에 직감과 첫 느낌에 의존하는 편이다. 질문의 대답 내용이 과도하게 엉뚱하지만 않다면 실질 그 내용에는 그다지 신경 쓸 여유가 없을 수도 있다는 점을 첨언한다. 실무면접에서만 해당되는 이야기다.

경영층 면접은 이미 1차 실무 면접에서 외모, 인상, 느낌을 통과한 지원자들만이 남아 있고, 상대적으로 소수의 인원을 상대하기 때문에 좀 더 집중력 있게 지원자의 답변 내용에 방점을 두고 면면을 살필 가능성이 높다.

그렇게 간절하게 원해서 약 100:1의 경쟁률을 뚫고 입사를 했지만, 직장인 익명 게시판 '블라인드'를 통해 직업의 어려움을 심각하게 토로하는 직종도 사실 캐빈승무원 직이다. 단일 직종의 수가 사내에서 다수를 차지하고 있기 때문에 개개인의 의견을 수렴한다던가 세밀한 터치식 정서관리가 어렵기 때문이기도 하지만, 불규칙적인 비행을 해야 하는 직종의 특성상 사내의 주요 정보를 얻는 것에도 한계가 있으며, 정보의 제한으로 인한 오해와 입사 전의 간절함이 사라진 후 다소간은 경직된 기수 문화 등으로 인해 마음 상처받을 일도 많기 때문일 것이다.

그러나, 나는 젊어서 해보고 싶은 일이 있다면 반드시 이루어야 한다고 믿는다. 그래야 나이가 들어 미련과 후회가 생기지 않는다. 그러니, 외부에서 보는 것에 비해 힘들고 어려운 일이며 육체적으로 정신적으로도 많은 난관이 있음을 사전에 예상하고, 이 찬란한 직업에 도전할 젊은이들이 전 세계의 유명 도시에서 직업과 여행을 병행할 수 있는 기회를 갖기를 바란다.

이번에는 내가 본 항공정비사 이야기를 해보겠다. 항공정비사는 항공사에서 제일 혹독한 근무환경 속에서 가장 묵묵히 근무하는 직종이라고 말할 수 있다. 거의 대다수 남자들이 모여있는 조직이라서 그런 것인지는 모르지만 과거에는 밤샘 근무 후 새벽에 퇴근하면서 술자리도 엄청나게 많았다고 들었다. 그러나 최근의 젊은 정비사들 유입으로 분위기가 많이 바뀐 것 같다.

사실 그들의 근무환경은 상상을 초월한다. 한여름과 한겨울 공항의 주기장을 내려가 보면 알 것이다. 인천국제공항에서 근무할 당시에 손님 가방을 Offload 하여 탑승교 밑에서 잠시 가지고 올라오는 1~2분 사이에 온몸이 추위에 얼어버린 기억은 잊히지가 않는데, 그들은 혹한의 추위와 아스팔트에서 올라오는 복사열 속에서 밤을 새워가며 오직 안전을 위해 지금 이 순간에도 땀을 흘리고 있다.

그리고 일반직은…, 주관적으로 봤을 때 항공사에서는 제일 불쌍한 직종으로 보인다. 평균적 학벌로만 추정컨대 고등학교 시절 제일 공부를 잘했을 그들은 대한민국 그 어떤 회사의 사무직과 마찬가지로 따로 쟁여 놓은 기술이 없다면 구조조정 1순위로 꼽히는 직종이다. 반면, 최고 경영진에 가장 가깝게 갈 수 있는 직종이기도 하다.

항공사에는 해외 주재원의 기회가 있는데 가능한 직종은 일반직, 정비직, 운항관리직 정도라고 봐야 하고, 그중 영업, 공항, 화물 지점장 등 해외지점의 주요 보직은 모두 공채 출신의 일반직들이 차지하고 있다. 실제 기획 업무를 수행하는 직종으로 회사의 주요 정보와 의사결정의 한 축을 다루고 있는 직종이기도 하며 젊다면 타 업종으로의 전직도 용이한 몇 안 되는 직종이기도 하다.

그 외에도 항공사에는 운항관리직, 의무직, 항공 AEAviation Expert직 등 다양한 전문적 직종이 존재하기에 경영의 관점에서 보면 고비용 저효율적이지만, 취업자의 입장에서 보면 본인의 달란트에 맞는 직종을 선택할 수도 있는 장점이 있다고도 볼 수 있다. 항공사의 최고 경영자는 오케스트라 지휘자의 마음으로 각기 다른 다양한 직종의 업무환경을 직시하고 그에 걸맞은 의사결정을 내려야 한다.

항공사 직원의 혜택

항공사 취업 후 제일 큰 혜택인 우대항공권에 대해 간단히 알아보자면, 당사를 기준으로 일단 입사 후 부여받는 항공권은 직계가족이 모두 사용할 수 있는 연간 편도 70회의 서브로 SUBLO, Subject to load, 좌석이 남아 있을 때 탈 수 있는 대기 항공권 티켓이 있으며, 신혼여행, 장기근속, 효도항공권만 60세 이상 부모님 여행을 위해 배정되는 항공권처럼 특수한 경우에는 노서브NOSUB, Not subject to load, 확약 가능 항공권 티켓이 부여되기도 한다. 경우에 따라서는 이코노미 클래스 확약 가능 및 비즈니스석 대기 항공권으로 나오기 때문에, 자리가 남으면 운 좋게 비즈니스 클래스 이용도 가능하다.

서브로 티켓은 통상 ZEDZonal Employee Discount라고 부르

는데, 항공사 직원의 여행을 위해서 1994년 소수의 항공사가 다자간 계약을 체결하여 시작한 협정이 현재는 180여 항공사가 가입하여 항공사 간 상호 할인 요율을 적용하여 탑승할 수 있도록 설계되어 있다.

즉, Zone Fare구간별로 나뉜 할인 항공권 금액. 통상 LOW, MID, HIGH로 나뉜다. 당사는 제일 저렴한 Super Low Zone Fare를 적용중이다. 규정에 따라 한국에서 4,560마일 떨어져 있는 인천/하와이 편도 항공권은 세금을 제외하고 37달러 정도, 525마일 정도로 가까운 인천/오사카 편도 항공권은 14달러에 탑승을 할 수 있으며, ZED 계약이 되어 있는 전 세계 대다수 항공사 모두 각각 계약된 조건으로 탑승이 가능하다. 그야말로 회사만 안 다니고 여유 자금만 있다면 여행은 가성 비 있게 실컷 할 수 있다.

그러나 늘 돈이 있으면 시간이 없고, 시간이 많으면 돈이 없더라.

항공 용어의 기원과 비행기

항공사에 쓰는 대다수의 단축어와 용어의 기원은 항해술과 해상 용어에서 주로 기원한다.

Captain선장님, Welcome Aboard갑판으로 올라온 걸 환영해!, Navigation항해술 등이 모두 그 항해에서 사용되던 언어였으며, 항공업계에서 단어를 줄여서 사용하는 이유는 항해를 하는 배는 전문을 통해 육지와 소통을 했고, 글자 하나하나가 시간과 비용이었기에 최대한 줄여서 표현하게 되어 있고, 그 모든 것이 항공업에도 적용된 것이다.

조종사Pilot라는 단어도 원래는 도선사를 가리키는 말이었으며, Aircraft항공기의 craft는 작은 배를 의미하니, 원래 비행기는 '하늘을 나는 작은 배'로 시작했다고 보면 된다. 따라서 모든 용어들을 축약해서 사용하는 항공 용어들을 일반인들이 이해하기는 어렵다.

예를 들어, 이 분야에서는 Flight를 FLT로, Check를 CHK로, Weather를 WX로, Cancel을 CNXL로, Tentative를 TENT로 줄여 사용한다. 우리들만의 언어로 서로 소통하는 만큼 전문적 지식은 보유하고 있으나, 반면 그만큼 항공업계 종사자는 범용적 타 분야로 이직이 쉽지 않기도 하다. 항공사에서는 잔뼈가 굵은 베테랑 전문가라고 하더라도 요식업, 서비스업, 제조업 그 어느 분야에서도 필요한 지식과는 완전히 다른 항공업에서만 통용되는 지식만을 보유했을 가능성이 높다.

항공업계에서는 팀장 이상급에서 이름 대신 3 Letter의 코드로 불린다. 따라서, 상대방이 누구를 호칭하는지 모르겠다면 사내 인트라넷을 통해서 코드를 찾아봐야 알아챌 수 있다. 예를 들어, 커뮤니케이션담당 임원은 DPR, 운항스케줄팀장은 OSZ으로 불린다. 뒷담화를 할 때 이름을 직접 거론하지 않아도 된다는 게 좋은 점인 것 같기도 하다.

그리고 IATA국제 항공 운송 협회, International Air Transportation Association와 ICAO국제 민간 항공 기구, International Civil Aviation Organization 코드로 공항을 나누기도 하는데 인천국제공항은 IATA 코드로는 우리가 통상 알고 있는 ICN, ICAO 코드로는 RKSI로 불린다. ICAO 코드는 좀 더 전문적인 용어로 비행계획서 작성 등 실질적 항공기 운항에 사용되기도 한다. 항공업계 종사자는 무조건 신입사원 시절에 취항 도시의 코드를 외워야만 한다. 또한, 항공사의 각 본부마다 사용하는 용어가 다르기에 타 부문으로 전보를 하게 되면 그곳에서 사용하는 용어를 이해하기 어려워 다시 또 외울 수밖에 없다.

항공기의 하단에 적혀 있는 HL0000은 항공기 등록 기호로 무선국 코드 표시이면서 한국에 등록된 고유 항공기 표시이다. 현존하는 항공기 제작사는 크게 두 개의 회사로 나뉘는데 유럽프랑스, 툴루즈에서 제작한 Airbus와 미국시애틀, 보잉 필드에서 제작한 Boeing사 계열의 항공기이다. 두 회사에서 제작한 항공기는 약간의 서로 다른 경향성을 보이는데, 마치 미국 브랜드인 Ford와 유럽 브랜드인 Volkswagen에서 제작한 자동차의 디자인과 성능이 확연히 다르다는 것을 생각해 보면 이해가 쉬울 것이다. 쉽게는 조종석의 조종간 모양이 Boeing은 조종사의 중간에 두 손으로 잡는 형태, Airbus는 기장은 왼손, 부기장은 오른손으로 조작하는 게임기의 조이스틱 모양으로 되어 있다.

항공기는 자동차처럼 구매를 하거나 리스를 하게 되며 보험을 가입해야 하는 것도 유사하다. 또한 항공기 계약을 하며 조종사의 훈련을 위한 Simulator 장비를 추가 구매하기도 한다. 자동차와 다른 점은 자동차는 인승을 기준으로 1종, 2종 또는 트럭, 버스 등으로 면허증이 구분되며 1종 운전면허로 2종 형식의 자동차를 운전할 수 있으나, 항공기는 계열마다 완전히 다른 형식의 자격을 구비해야 하므로 A380 대형기 한정자격을 가지고 있다 해도 A321 소형기 조종을 위해서는 반드시 전환 훈련을 거쳐 별도의 자격을 취득해야만 한다.

따라서 신규 기종을 도입하게 되면 제작사와의 협의를 거쳐 신규 기종을 운항할 수 있는 조종사와 정비사 등 자격자를 지원받아 도입 항공사에서 일정 기간 교육과정을 지원받고, 항공사 내에서 조종사 교관, 심사관을 자체적으로 운영할 수 있게 될 시점까지는 지속적으로 제작사의 도움을 받는다. 또한, 일정 기간의 교육을 수행해야 하는 조종사의 교육 과정도 항공사가 스스로 자립할 수 있을 때까지는 국토부의 허가 하에 일부 감면 등을 받는 등 초기 도입 과정에 많은 비용과 기간이 소요된다.

현존하는 항공기는 Boeing사의 B747-8i, B777X, B787, B767, B737-MAX 등이 있으며 동일 기종 내에서도 뒤에 별도의 숫자가 붙어 항로 거리와 급유량 등이 달라진다. Airbus사의 항공기는 A380, A350, A330, A320, A319, A318 등으로 나뉘며, 역시나 뒤에 별도의 숫자에 의해서 상당히 달라지지만 조종사는 동일한 계열에서는 자격을 별도로 취득할 필요는 없다.

항공기 내의 좌석수와 기내 디자인 등은 제작사가 정한 일정한 틀 내에서 항공사가 자유롭게 선택할 수 있다. FSC^{Full Service Carrier}는 퍼스트 클래스나 비즈니스 클래스를 일정 부분 집어넣어 구매를 하는 반면, LCC Low Cost Carrier는 최대한 이코노미 클래스 좌석을 좌석 간 Fitch를 줄여서라도 더 많이 집어넣어 박리다매를 추구한다.

항공기는 현존하는 상당수의 최신 기술의 집약체라고 볼 수도 있기에 가격은 최대 약 6,000억 원까지 다양하며 새롭게 개발되는 항공기는 더 빠르고 더 멀리, 더 조용하고 가볍게 날 수 있도록 진화하고 있다.

과거에 이미 상용화되었던 초음속 항공기 콩코드는 오직 속도에만 집중하면서 소음, 진동 등의 불편함으로 시장에서 외면받았는데, 현재 신규 개발 중인 초음속 민간 항공기는 그런 단점을 개선하고 있다고 하니 소리보다 더 빠른 초음속 항공기를 타고 한국에서 북유럽까지 5시간 내에 날아갈 수 있는 미래가 올 날도 멀지 않았을 것 같다.

우리가 몰랐던 공항

세계의 공항은 통상적으로 인천국제공항처럼 도심에서 멀리 떨어져 있다. 도심에서 이격 된 공항은 Curfew공항 운항 제한 시간라는 통금시간이 없어서 24시간 운영된다. 반면, 김포국제공항처럼 도심 인근에 위치한 공항은 항공기의 엔진에서 발생하는 심야의 소음을 방지하지 위하여 Curfew가 존재한다.

우리가 잘 알고 있는 대다수 유럽의 오래된 공항은 역사적으로 공항 설계와 더불어 도심이 발달했기 때문에 공항이 도심에 인접해 있고 그에 따라 인근의 주민들이 불편을 겪게 되면서 자연스럽게 Curfew를 설정할 수밖에 없었다. 그래서 국가가 수없이 공항과 인근 주민의 갈등을 중재하고 조정한 후에 적당한 장소를 지정하여 신공항을 건설하게 되는 것이다.

한국의 인천국제공항, 일본의 간사이공항, 태국의 수완나품공항이 그 대표적인 예이다. 상대적으로 항공업이 늦게 발달한 일부 동남아 국가 같은 경우에는 애초에 도심 멀리에 공항을 설계하여 운항 제한 시간을 설정할 필요가 없는 경우도 있다.

내가 현재 앉아 있는 사무실 저 멀리 김포국제공항 활주로가 한눈에 보인다. 혹자는 뷰 맛집이라며 부러워하지만 항공기 이착륙이 빈번한 시간대에는 전화 통화가 어려울 정도의 소음으로 곤혹스러운 적이 한두 번이 아니다. 특히 흐린 날이나 비가 오는 날 대형기 이륙 시에 그 소음은 상상 이상으로 크다. 그러니 공항은 조금 불편하더라도 사람이 거주하는 도심에서 어느 정도는 이격 되어 있는 것이 당연한 일일 것이다.

참고로 우리나라의 경우, 김포, 김해, 대구, 울산, 광주, 여수, 양양공항은 Curfew가 있으며, 청주공항은 24시간 운영되어 김포국제공항의 기상이 좋지 않을 경우 회항을 할 수 있는 몇 안 되는 공항이다. 이제 신나는 제주여행 후 마지막 비행편을 타고 서울로 가는 길에 기상이나 정비 등의 사유로 김포국제공항 Curfew에 걸려 청주나 인천국제공항으로 회항을 해서 항공사가 준비한 버스를 타고 새벽에야 피곤한 몸을 이끌고 간신히 집에 도착한 이유를 알 것이다.

또한 공항은 작은 도시라고 보면 된다. 병원, 약국, 편의점, 상점, 세탁소, 찜질방, 호텔, 식당 등 웬만한 편의시설은 모두 모여있다. 공항을 이용하는 사람의 입장에서는 별다른 관심이 없겠지만 세관원 외에도 경찰, 군인, 기동대, 국정원 등의 정부 기관도 사무실을 보유하고 있다.

우리가 자주 이용하는 인천국제공항에 대해 알아보자. 인천국제공항은 아시아 최고 공항상, 아시아 최고 화물 공항상, 세계 최고 환승 공항상, 세계 최고 공항면세점상을 수차례 수상할 정도로 시설, 운영, 서비스 만족도에서 전 세계 최고 수준이라고 볼 수 있다. 아마 여행을 많이 다녀 보신 분은 인천국제공항이 얼마나 편리한지 잘 알고 계실 것이다. 호놀룰루 국제공항에서 4년간 근무하면서 인천국제공항의 위대함을 얼마나 절감했는지 모른다.

인천국제공항에는 활주로가 총 4본이 건설되어 있다. 활주로는 통상 360도의 방위각에서 몇 도 방향으로 서 있는지를 기준으로 이름이 붙여진다. 활주로는 각각 330도와 150도 방향으로 2본, 340도와 160도 방향으로 2본이 있어 총 4개의 활주로를 보유하고 있으며, 그 활주로의 이름에 따라 조종사는 이착륙을 실행하게 된다. 예를 들면 150 방향으로 활주로 2개가 나란히 서있는 경우 왼편은 'One Five Left', 오른편 활주로는 'One Five Right'가 되며, 관제탑에서 지시받은 활주로 방향으로 착륙 접근을 실시하게 된다.

항공기 이착륙 시 바람의 방향이 상당히 중요한데, 맞바람을 받으면 양력이 극대화되어 짧은 활주로에서도 이륙이 쉬운 반면, 뒷바람의 경우 착륙 시 제동거리가 길어지는 위험성이 있기에 항공기는 최대한 정풍을 맞으며 이륙을 하거나 착륙을 하게 된다. 그래서 바람의 방향에 따라 활주로의 방향을 바꾸게 되어 330도 방향으로 내릴지 150도 방향으로 내릴지가 결정된다. 따라서 인천국제공항에서 이륙할 때는 오른쪽에 보이던 공항 청사 건물이, 며칠 후 여행을 마치고 돌아올 때는 바람의 방향 변화로 인해 왼쪽으로 보일 수도 있는 것이다. 활주로의 이름과 방향은 항공기 출발 전 계류장 이동 중에 쓰여 있으니 작은 창문을 통해 확인해 보길 바란다.

　여객터미널은 현재 2개이지만 탑승동까지 포함하면 3개라고 볼 수도 있다. 여객터미널과 탑승동을 가운데에 두고 좌우측으로 활주로가 면해 있으며 원격 계류장, 제빙 계류장, 화물 계류장들이 이어서 있다. 면세점도 거대하여 약 700여 개의 세계적인 명품 브랜드가 입점해 있어 주머니만 두둑하다면 집하고 차만 빼고 거의 모든 제품을 구입 가능하다.

　여행, 출장을 위해 공항에 가게 된다면 약간은 일찍 도착하여 찬찬히 둘러보는 재미도 느껴보길 바란다. 여객터미널 중앙에서 펼쳐지는 문화공연도 보고, 언젠가 항공사 직원이 되고 싶은 분이라면 시간을 할애하여 2층에 위치한 공항 상주 직원들이 일하는 사무실도 스쳐 지나가 보자. 보이지 않던 것들이 보이고 수없이 많은 사람들이 보이지 않는 곳에서 우리들의 여행을 위해 땀을 흘리고 있다는 것을 알게 될 것이다.

공항에서 일하면서 느낀 점은 그곳은 사람을 웃게도 하고 때론 울게도 만드는 곳이라는 것이다. 오랫동안 그리워하던 해외에 거주하는 가족과 친구를 만나 처음으로 웃으며 껴안을 수 있는 곳이기도 하고, 사랑하는 사람을 떠나보내며 눈물을 흘리기도 하는 곳이다.

많이 보았었다. 사람들의 울고 웃는 다양한 표정들을… 공항에선 참 사람 냄새가 많이 난다.

운항승무원, 캐빈승무원이 하는 일

가끔은 여행자의 시각에서 운항/캐빈승무원들을 공항에서 바라보며 도대체 저들은 어디서 무엇을 먹고, 어디에서 잠을 자다가 여정이 끝난 후 지저분해진 나와 다르게 저렇게 깔끔한 유니폼의 모습으로 다시 비행을 하는 것일까 하는 궁금증을 가졌던 적이 있다.

회사마다 차이는 조금 있지만 우리의 경우에는 캐빈승무원은 본사에서 사전 브리핑을 하고 셔틀버스로 김포국제공항이나 인천국제공항으로 이동을 하게 되며, 운항승무원은 각자 공항으로 개별 이동 후 브리핑을 하고 비행계획서를 수령하여 항공기로 출발한다. 통상 운항승무원의 브리핑 시각은 항공기 출발 시각을 기준으로 국내선은 1시간 전, 국제선은 1시간 20분 전이며 캐빈승무원은 국내선은 1시간전, 국제선은 2시간 10분 전이다.

브리핑 후 승객들과는 다른 별도의 Crew 전용 보안검색대를 거쳐 출국 심사대에 G/DGeneral Declaration. 승무원 명단이 적혀 있는 출력물. 출입국 시 여권 대용으로 사용을 제출하고 출국장으로 이동한다. 비행 시에는 각종 개별 자격증 및 신체검사 증명서, ID CARD, 여권, 승무원 등록증 등을 반드시 휴대해야만 한다.

게이트 도착 후 준비가 완료된 항공기에서 운항/캐빈 합동 브리핑을 진행한 후 각자 비행에 필요한 사전 준비를 하게 된다. 운항승무원의 경우 장거리를 운항하는 항공편의 2SET2 CAP, 2 F/O의 임무라면, 통상 PICPilot In Command 기장 1명과 부기장 1명이 조종석으로 들어가고 나머지 2명의 조종사는 비즈니스 좌석에서 휴식을 취하게 된다.

조종석에서의 준비 사항은 FMCFlight Management Computer 입력, 체크리스트 수행, 항공기 외부 점검 등으로 나뉘어 진행된다. 그러는 와중에 캐빈승무원은 비상보안장비 점검, 청소 상태 확인, 기내식 점검, Lavatory 세팅, 면세품 점검, IFEIn-Flight Entertainment 점검 등을 수행하고 기장님의 보딩 사인을 받고 승객을 맞이할 준비를 하게 된다.

그들의 임무별 구분을 하면, 당사를 기준으로 YG이코노미 클래스 갤리, YS이코노미 클래스 시니어, CJ비즈니스 클래스 주니어, CS비즈니스 클래스 시니어, TS이노코미 클래스 매니저 임무 등의 역할과 캐빈에서의 최종 책임자인 사무장으로 나뉘어 각각 본인이 담당하고 있는 구역을 서비스하게 된다.

A380 대형기를 기준으로 최소 탑승인원은 18명이며 이후 예약률에 따라 최대 23명까지 탑승을 할 수도 있다. 중형기에는 통상 매니저 1명, 비즈니스 클래스 4명, 이코노미 클래스 7명 정도가 탑승한다고 보면 된다.

항공기에서 보는 캐빈승무원의 모습은 익히 잘 알고 있을 것이다. 비행 중 승객들이 식사를 다 마친 후 캐빈승무원들은 좁은 갤리에서 서서 뒤늦은 식사를 하는 경우도 많고 휴식시간이 되면 교대하면서 승무원 전용 Bunker에서 잠시간의 휴식을 취하기도 한다. IFE 고장이나 기타 심각한 불편 사항 발생 시 사무장은 30~50불 상당의 TCV Travel Charges Voucher, 항공권 및 기내 면세품 구매 가능한 고객 우대 증서 제공 권한도 가지고 있다. 참고로 항공기 도어를 열때는 외부에서 공항 직원이, 닫을 때는 내부에서 캐빈 매니저가 하게 되어있다. 탈출용 슬라이드가 실수로 터지지 않게 하기 위함이다.

운항승무원 중 먼저 비행을 하는 편조는 이륙 후 지속적으로 계기판의 이상 유무를 확인하고 관제소를 거치면서 들어오는 정보에 의거하여 고도, 속도, 방향 등을 재설정한다. 이어 교대 시간이 되면 간단한 인수인계를 실시한 후 자리를 바꾸어 휴식을 취하던 새로운 편조가 비행을 담당하게 된다. 만약 조종석 인근 좌석에서 얇은 점퍼를 입고 쉬고 계신 분이 있다면 최대한 정숙을 부탁드린다. 그분들이 우리를 안전하게 목적지로 데려가는 운항승무원일 가능성이 높다.

현지 도착 후 승무원 별도 통로에 G/D를 제출하고 신속하게 빠져나간 후에는 셔틀버스를 타고 인근의 L/O 호텔로 향하게 된다. 드물지만 운항과 캐빈이 별도의 호텔에 묵는 경우도 있다. 도착 후에는 말 그대로 개별 휴식 시간이며 과거에는 같이 식사를 한다거나 골프를 즐기기도 했지만 MZ 세대가 비행하는 시대에는 식사나 운동 등도 상호 간에 터치하지 않는 분위기로 변하고 있다. 하지만 가끔은 호텔에 마련된 Crew Lounge에 모여서 인트라넷으로 중요 공지를 읽는다거나 오랜만에 만난 반가운 동료들과 사담을 나누고 사내 정보를 교환하기도 한다.

시차 적응은 모두 각자의 방법으로 한다. 한국 시간에 맞추어 잠을 자는 승무원도 있고 철저히 현지 시차에 맞추어 움직이는 승무원도 있다. 운항 기종, 운항 요일 등에 따라 다르지만 통상 여객기 기준으로, 현지에서 최소 24시간에서 최대 72시간 정도 머문 후 호텔에서 제공한 Pick Up 시간에 맞추어 일어나서 준비를 하고는 다시 셔틀버스를 타고 공항에 도착한다.

이후에는 거의 유사한 방식으로 비행을 하고 인천국제공항에 도착한 후에는 각자의 방식으로 자택으로 돌아가 다시 규정에 근거한 최소 휴식 이상의 휴식을 취한 후에 비행을 재개하게 된다.

예전에는 해외의 유명 박물관, 식당, 면세점 등에서 승무원들에게 최소 5%~30%의 할인 혜택을 제공하는 곳이 많았다. 지금도 다수의 공항에서 승무원 등록증이나 사원증을 내밀면 Crew Discount를 제공해 준다. 물론, 일반직의 사원증도 통하는 경우가 많다. 필자의 경우 신입시절 호주 배낭여행 시 모 아쿠아리움을 들렀는데 항공사 직원은 무료라며 꽤 비싼 입장료를 받지 않고 들여보내 주어 항공사 직원이라는 사실에 자랑스러웠던 기억이 있다.

승무원에게 제공되는 기내식의 경우 기장과 부기장은 서로 다른 메뉴를 먹어야 하는데, 통상 손님들을 위해 비즈니스석에서 제공되는 기내식을 순서에 따라 코스로 제공하는 것이 아니라 한 번에 트레이에 위에 제공하는 간단 버전이라고 보면 된다. 그 외에도 조종석 안에는 물, 몇 가지의 음료, 땅콩 등의 스낵이 제공되고 졸음과의 싸움을 위해 커피도 제공이 된다.

캐빈승무원도 별도의 기내식을 취식하는 건 마찬가지이며, 승객들에게 서비스된 후 남는 음료나 음식물은 대다수 폐기 처리된다. 특히 각 국가의 세관 규정에 따라 취식을 하지 않아 남겨진 새 컵라면도 무조건 폐기를 해야만 하는 경우도 있다.

항공사 직원들은 이미 알고 있어요

비상 회항하면 왜 아깝게 기름을 버려요?

급유량은 게이트를 출발한 비행기가 활주로로 향하는 Taxing에 필요한 연료의 양과 실제 비행을 하는 시간에 사용되는 연료의 양, 그리고 목적지 공항에 도착 후 게이트로 가는 Taxing 시간에 필요한 연료의 양을 모두 합하여 계산하고 운항관리사가 작성한 OFPOperational Flight Plan에 기재된다. 만일 목적지 공항의 기상이 좋지 않을 경우에는 항공기가 착륙하지 못하고 체공을 할 경우를 대비하여 예비 연료를 추가적으로 급유하게 된다.

급유량을 전달받은 조업사에서는 계류장 하단에 위치한 급유시설에서 호스를 꺼내서 항공기 양측 날개에 설치된 주유

구를 통해 정해진 양을 급유하는데 그 연료는 통상 항공기 날개와 몸체에 분산되어 저장된다. 대형기 기준으로 비행기 자체 무게는 약 66만 파운드, 연료는 최대 57만 파운드연료만 2억 원대 수준가 들어간다. 최대 이륙 중량은 약 125만 파운드약 566ton에 해당된다.

이때 환자가 발생한다거나, 비상 상황이 발생함으로써 원래의 목적지로 가지 못하고 돌아온다거나 인근에 위치한 대체 공항으로 회항이 결정된다면 날개에 들어있는 연료의 무게로 인해 활주로 바닥에 충돌하여 사고가 날 우려가 있어, 아깝긴 하지만 어쩔 수없이 고가의 항공유를 공중에서 뿌려서 날개를 가볍게 한 후에 착륙을 하게 된다. 공중에서 뿌려진 연료는 휘발성이 강해 낙하하면서 자연적으로 기화되고, 그마저도 2차 피해를 방지하기 위하여 공역상에 Fuel Dumping 구역최소 6,000ft 이상이 별도로 존재한다.

항공기를 탑승할 정도의 건강 상태가 아니라거나, 공황장애 등 여러 사유로 인해 항공기 회항을 야기할 상황의 몸 상태라면 비행기 탑승을 자제하는 것이 좋다. 회항으로 여행 스케줄을 지키지 못 하게 된 옆 좌석의 사람들에게 민폐를 끼치는 것은 물론이거니와 기름 한 방울 나지 않는 나라의 국적기가 아깝게도 상당한 비용에 달하는 항공유를 공중에 뿌리게 되는 불상사가 발생하기 때문이다.

왜 쿵! 하기도 하고 살포시 내리기도 하나요?

상당히 많은 항공편에서 상당히 다양한 운항승무원의 교육과 평가가 이루어지고 있다. 먼저, 학술 훈련을 거쳐 SIMSimulator, 모의비행 장치의 FBSFixed Based Simulator, 모션 없이 화면 움직임으로만 하는 훈련 FFSFull Flight Simulator, 실제 항공기처럼 모션이 들어간 훈련를 마치고 OEOperating Experience, 항공기로 하는 훈련까지 지난한 훈련을 거치게 되는데 승객이 탑승한 상태에서 운항승무원의 각종 훈련이 이루어지기도 한다.

기장 승격, 전환, 초기 훈련이 대표적이지만 그 외에도 재자격 부여 훈련, 교관/심사관 임용 훈련 등의 다양한 훈련 평가가 이루어지고 있기 때문에 실제 이착륙은 훈련생이 진행하는 경우도 많다.

기장 훈련의 경우 교관이 우측에 위치해서 교수를 하고, 부기장 훈련의 경우에는 교관이 좌측에 앉아 지도를 한다. 특히, 부기장 초기 훈련의 경우 훈련생이 아직 조종사로서의 자격이 완전히 갖추어지지 않았기에 뒷좌석에는 기성 부기장이 탑승해야만 한다.

물론 조종석의 좌측이나 우측에 교관 및 심사관이 위치하고 있어 조언을 주고 비상시에는 "I Have Control"을 외치면서 조종간을 넘겨받을 수 있지만—항공기의 조종간은 비행을 하다가도 다른 한쪽이 조작을 하면 자동적으로 그쪽에서 조종을 할 수 있게 권한이 넘어가게 되어있다.—실질적으로는 훈련생이 착륙을 수행하는 경우 아직은 완전하게 익숙지 않은 상황에서 Firm Landing이나 Hard Landing이 있을 수도 있다.

물론 바람이 많이 부는 등 악기상 상황하에서 항공기의 움직임이 자유롭게 제어가 되지 않아 어려운 착륙을 할 때에도 유사한 경우가 발생하기도 한다. 활주로의 길이가 짧거나 기상 등으로 의도적으로 강하율을 급격하게 낮추며 Firm Landing을 하여 활주 길이를 줄이기도 하기 때문에 랜딩 하는 순간의 충격의 정도에 따라 조종사의 실력을 가늠하는 것은 무의미한 일이다.

기내 라면은 꼬들꼬들 하지가 않다구요.

기종과 구간마다 다르지만 항공기는 통상 20,000~40,000 ft6,000m~13,000m에서 순항을 하게 된다. 고도가 높아짐에 따라 기내의 압력은 낮아지게 되며 기압과 끓는점은 비례하기 때문에 기내에서는 끓는점이 섭씨 100도 보다 낮아지게 된다. 즉, 지상에서 100도의 물에서 라면을 끓이는 것에 비해 다소 낮은 온도에서 저온 숙성되어 가기 때문에 면발이 꼬들꼬들하지 않게 되는 것이다.

세상에 맛있는 라면은 정말 많지만 개인적으로는 한라산

등반 후 정상에서 먹었던 컵라면과, 옆좌석 승객이 먼저 시킨 후 그 냄새에 이끌려 나 또한 배가 부른데도 주문한 기내 라면이 제일 맛있었다.

나도 돈 많이 벌어서 비즈니스석을 타고 기내식은 건너뛰고 쿨하게 '라면 하나 끓여 주세요'를 외쳐보고 싶다. 참고로 퍼스트 클래스는 실제 봉지 라면을 포트에 끓여서 서비스하고, 비즈니스석에서는 컵라면 2개를 넣고 포트에 끓여서 내기에 서로 면발과 맛의 차이가 있다.

정비사면 어떤 비행기도 다 고칠 수 있지 않나요?

비행기는 3명의 사인이 있어야 한다.

첫째, OFP에 들어가는 PIC와 운항관리사의 사인, Flight Log에 들어가는 기장의 사인, 그리고 Maintenance Log에 들어가는 정비사의 사인이다. 정비사가 항공기의 감항성을 인정하지 않으면 비행기는 뜰 수 없다. 자동차 정비사와는 다르게, 조종사와 마찬가지로 항공기 정비사는 기종 한정자격Type Rating을 보유해야만 해당 기종을 정비할 수 있다.

해외지점의 경우 일반적인 정비사라면 누구나 쉽게 손볼 수 있는 부분은 즉시 처리하기도 하지만, 결국 항공편이 출발을 하기 위해서는 해당 기종 한정자격 보유 정비사의 사인이 있어야 나갈 수 있으므로 반드시 유자격자의 업무 수행은 필수적이다. 따라서, 만약 해외에서 항공기 결함으로 목적지 공항이 아닌 도시에 긴급 회항을 한 경우, 한국에서 긴급하게 해당 기종의 자격 보유 정비사를 부품과 함께 급파하여 수리를 진행해야 한다.

참고로, 해외에서는 부품 수급이 인천국제공항에서처럼 원활히 되지 않기 때문에 같은 기종을 운항하고 있는 옆 항공사에 요청하여 긴급히 부품을 빌려서 정비를 진행하기도 하며, 제작사 문의 등을 거쳐 항공기 감항성을 확보한 이후에나 운항이 가능한 경우도 있기 때문에, 빠른 시간 내에 정비가 완료되지 못할 것이라 예상된다면 체객 수송을 위하여 긴급히 보항편Rescue Flight을 현지에 보내기도 한다.

예를 들어, A380 항공기가 JFK 공항에서 결함이 발생하여 수리에 장시간이 소요되면, 타 항공사로 승객을 Endorse 하기도 하지만 최종 체객을 위하여 중대형 항공기 2대를 보항편으로 편성하여 보내기도 한다. 그만큼 여력기와 승무원 확보도 중요한 사안일 수밖에 없다.

그러니 정비 상황으로 해외에서 장시간 지연 시에는 어쩔 수 없는 경우도 많으니 다소 힘들더라도 나에게 주어진 여행의 시간이 좀 더 늘었구나 하고 여유를 가지고 기다려 주었으면 좋겠다. 가끔 해외 공항에서 항공기 장시간 지연으로 한국 승객들의 집단 농성이 발생했다는 기사를 보면, 그분들의 사정은 충분히 이해는 되지만 항공사 직원의 입장에서는 다소 느긋할 순 없을까 하는 아쉬움은 있다.

기내에서 눈이 뻑뻑해요.

항공기 내부는 사막보다 건조하다. 사막의 평균 습도는 15~30%인데 반해 항공기 내부의 습도는 평균적으로 10~20%에 불과하다. 고도가 높아지면 습도도 낮아지기 때문이다.

또한, 항공기는 주기적으로 객실 내의 공기를 순환시키는 시스템을 가동 중인데 영하 40~50도씨에 해당하는 차가운 외부 온도와 내부의 따뜻한 온도 차이로 비행기 창문에 성에가 낄 수 있다. 이를 방지하기 위하여 창문 하단에 자그마한 세 개의 공기구멍이 있는데 그곳을 통해 공기가 미세하게 순환을 하면서 성에를 방지하게 되고, 내 외부의 공기가 순환하는 과정이 반복되면서 내부가 점차 건조하게 변한다.

따라서 안구 건조증이 있거나 피부를 소중하게 생각하시는 분들이라면 인공 눈물이나 미스트 등을 준비하는 것이 좋다. 상대적으로 승객의 밀도가 높은 이코노미석이 습도가 높으니 참고하자.

캐빈 승무원이 사용하는 화장품과 핸드크림이라는 광고 카피를 본 적이 있을 것이다. 캐빈 승무원만큼 건조함과 싸워가며 일하는 직업군은 아마 사막의 유목민 외에는 없을 것이기에 그들이 추천하는 제품이라면 신뢰할 만할 것이다. 운항승무원의 경우에도 별도의 기내 휴식 시설인 Bunker 내부에 젖은 수건을 여러 장 만들어서 걸어놓고 휴식을 취하기도 한다.

취급 주의 스티커 붙이면 안 깨지는 거 맞죠?

맞기도 하고 틀리기도 하다. 기계가 하지 못하는 부분은 사람이 직접 가방을 옮겨 AKE 컨테이너에 탑재하거나 비행기 내부 화물칸에 옮겨 싣기도 하는데흔히 벌크 탑재라고 한다., 무거운 짐을 하루에도 수 백 개씩 들어 올리고 내리다 보니 모든 가방마다 아주 철저하게 조심스럽게 핸들링하는 것은 사실 쉽지 않은 일이다. 그렇지만 Fragile Tag이 붙어 있으면 아무래도 조금 더 신경 써서 옮기게 될 테니 내부 물품의 파손을 방지하기 위해서는 달아 놓는 것이 나쁘지 않은 선택일 것이다.

하지만 가장 좋은 방법은 유리, 플라스틱 등 부서지기 쉬운 물건은 가방을 쌀 때 최대한 조심스럽게 넣어두는 것이다. 나의 경우 해외에서의 여행 복귀 시에 와인이라도 한 병 구입했다면 여행지에서 입었던 옷가지들로 여러 겹을 싸서 가방 정중앙에 소중하게 넣어둔다. 와인병이 깨지면 일부 손해배상은 받을 수 있겠지만 피곤해지는 것은 결국 여행으로 지친 나이기 때문이다.

또한, 귀중품이나 현금 등은 절대 수속하는 가방에 넣지 않을 것을 권유한다. 인천국제공항에서는 그럴 일이 없겠지만, 일부 해외 공항에서는 보안 직원이 직접 가방을 개봉하여 검사 중에 슬쩍 빼면서 분실이 될 수도 있고, 일부 불량한 조업 직원에 의한 도난 사례도 심심치 않게 보도되고 있기 때문이다.

먼저 수속했는데 짐은 늦게 나와요.

인천국제공항에서는 새벽 6시경부터 수속 카운터가 열려 있기 때문에 언제든 수속이 가능하다. 이때 수속한 가방도 미리 벨트를 타고 내려가 지정된 장소에서 대기하다가 컨테이너에 탑재되는데, 그에 따라 먼저 내려간 가방이 보관된 컨테이너는 일반적으로 항공기에 먼저 탑재가 된다.

그런데 먼저 탑재가 된다는 의미는 그 컨테이너가 항공기 뒤편에 달려 있는 화물칸 문에서 가장 멀어진 곳에 위치한다는 뜻이고, 결국 도착지에서 하기 될 때 제일 늦게 나오게 된다는 뜻이기도 하다. 컨테이너에 탑재된 가방은 소시지를 뒤에 매단 것처럼 특수차량으로 끌고 가 당신이 탑승할 비행기로 이동하고 거기에서 다시 로더를 통해 차곡차곡 항공기 화물칸으로 탑재된다.

만약 너무 늦게 공항에 도착하여 컨테이너가 모두 항공기로 출발해버린 상황이라면 휠체어, 유모차 등이 실린 항공기 맨 끝에 위치한 벌크 칸으로 직원이 직접 가져가서 싣게 되고, 유모차와 함께 먼저 나오는 행운을 얻을 수도 있다. 그렇다고 수속 마감시간에 임박해서 공항에 나가라는 뜻은 아니니 오해하지 말자. 늦으면 면세품을 사기도 힘들고 운 없으면 항공편을 놓치게 될 수도 있다.

그리고 퍼스트나 비즈니스석 손님의 컨테이너는 별도로 구분되어 있다. 항공기 문 옆에 실리기에 도착 후 가장 먼저 하기가 되고 컨베이어 벨트에 올려지며, 당신이 기다리는 Baggage Claim의 Carousel에서 최우선적으로 모습을 보이게 된다. 상용 고객에 대한 혜택도 있으니, 기왕이면 꾸준히 하나의 항공사를 이용하여 마일리지를 쌓고 수하물이 먼저 나오는 혜택을 받아보는 게 좋을 것이다.

마지막으로 오기되는 경우가 많아 첨언하면, 항공사에서는 손에 간편하게 가지고 다닐 수 있다는 의미에서 손님의 가방을 '수하물'이라고 부르고 화물기로 운송되는 상용 물품은 '화물'이라고 표현한다. 즉 '수화물'이라는 표현은 항공사에서는 쓰지 않는다.

출발 시각에도 문을 닫지 않고 기다리고 있어요.

간혹 손님들 중 개인적 사정이나 면세품 쇼핑에 빠져 항공기 출발 시각 10분 전까지도 게이트에 나타나지 않는 분들이 있다. 게이트에서 근무하는 직원들은 그런 Late Show-Up 손님들의 좌석 번호와 성함을 확인 후 면세점이나 타 게이트를 돌며 손님을 페이징 하게 된다. 만약, 출발 시각에 임박하도록 손님이 나타나지 않는다면 급히 수속한 가방의 탑재 위치를 확인하고 하기 절차를 사전 준비한다.

안내방송을 하고 간절히 찾아다녔음에도 불구하고 결국 게이트로 오지 않는다면 가방을 내리고 다시 컨테이너를 탑재 후 W&BWeight and Balance, 최대 적재하중과 비행기 무게 중심 맞추기를 재조정한 후에 문을 닫고 출발하게 된다. 이 과정에서 수하물 하기 절차가 다소 지연되는 경우도 있고 W&B를 재조정 후 기장님의 사인을 받는 절차에 시간이 좀 더 소요될 수도 있다.

가방을 모두 하기 한 상태에서 뒤늦게 손님이 게이트로 오게 되면, 상기의 과정을 다시 반복하는 사이에 추가 지연이 되기 때문에 불가피하게 탑승이 어렵다는 말로 설득을 할 수밖에 없다. 손님은 눈앞에 아직 떠나지 않은 비행기가 있는데도 탑승이 불가하다는 설명을 이해해 주지 못하는 경우도 많은 건 당연하다.

이런 상황은 정치인과 연예인이라고 하더라도 동일하게

수행되며 예외가 없으니 기다려 주는 일 같은 건 없다고 생각하면 된다. 따라서 최소 출발 시각 10분 전까지는 개인적인 용무를 마치고 반드시 게이트 앞에서 기다리다가 탑승하는 것이 좋다는 점 기억해 주길 바란다.

그 외에도 직원의 실수로 같은 좌석에 2명을 배정한 경우가 발생할 수도 있고, 북경이 아닌 상해로 가는 비행기를 잘 못 탄 손님이 있을 수도 있다. 끝날 때까지 끝난 게 아니다. 배정받은 좌석에 앉아서 Push back 할 때까진 아직 여행을 떠난 게 아니니, 몇 개월간 계획한 소중한 여행의 시작부터 망치게 되는 일은 없는 게 좋겠다.

왜 내가 탄 비행기만 지연되나요?

항공기가 지연되는 사유는 너무도 다양하다.

대표적으로는 출발지의 기상에 따른 활주로 가시거리RVR, Runway Visual Range가 좋지 않다거나, 태풍 접근 등 목적지 기상이 기상예보보다 더욱 악화되어 가고 있다거나, 갑자기 눈이 많이 내려 De-Icing, Anti-Icing 등을 수행해야 한다거나, 해외로 가는 항공편이 집중된 저녁 시간대에 공항의 혼잡도가 극심해져 ATCAir Traffic Control, 항공관제의 지시에 의거 내가 탄 비행기의 이륙 순번이 뒤쪽에 위치해 있다거나, 출발 점검을 하면서 갑자기 발견된 항공기 결함이 있다거나, 기상 악화에 따른 고경력 조종사로의 교체가 발생한다거나, 항공기가 다니는 길목에 부는 상층풍이 예상보다 강해서 발생한 연결편 항공기의 지연 도착으로 인한 손님 연결 지연PAX CVR, Passenger Cover으로 인한 지연이 발생한다거나, 공항의 시설 고장, 급유 및 수하물 탑재 지연 등의 조업 지연 등 정말 수없이 많은 복합적 이유로 발생하게 된다.

항공사의 상품은 한번 뜨면 더 이상 팔 수 없는 재고가 존재하지 않는 휘발성인 좌석이다. 비행기가 지연 출발하면 당연하게도 다시 한국에 지연 도착하고 그 비행기가 연결되어 있는 또 다른 비행편도 지연되기 때문에, 모든 항공사는 판매한 그 상품이 정시에 운항되는 것을 상당히 중요하게 생각한다.

그래서 매월 정시원위원회를 개최하여 지연 원인을 분석하고 재발하지 않도록 관리하는 기능을 가지고 있다.

왜 올 때 갈 때 비행시간이 달라요?

항공기가 이륙을 하고 순항 고도에 오르게 되면 '엔진의 힘'뿐만 아니라 철새처럼 바람을 타고 가야 연료도 절약되고 더욱 빠르게 날아갈 수 있다.

한국에서 미국으로 갈 때 비행기도 철새와 마찬가지로 대류권의 상부에서 좁고 수평으로 부는 강한 바람인 제트기류를 타고 간다. 그래야 연료도 절약하고 항공기의 속도가 더 높아질 수 있는 것이다.

문제는 편서풍은 서쪽에서 동쪽으로 부는 바람이라 상시 한국에서 미국 방향으로 불고 있는데, 여름철에 비해 겨울철엔 그 바람의 강도가 세다. 즉, 한국에서 미국으로 갈 때는 제트기류를 타고 가니 더 빠르게 갈 수 있고, 올 때는 맞바람을 이겨내며 와야 하기 때문에 생각보다 더욱 오래 걸리는 것이다.

하와이에서도 똑같은 상황이 발생하여 심할 경우엔 한겨울 왕복편의 비행시간 편차가 4시간이 넘어가는 경우도 있었다.

비행기 타면 방사능에 노출될 것 같아요!

항공편의 비행 계획에 따라서 항로가 다양하게 존재하는데 비행시간을 줄이기 위해서 미국 동부 쪽으로 가는 항공편은 북극항로를 사용하는 경우도 있다.

지금 기회가 된다면 지구본을 앞에 놓고 비행 항로를 상상하며 줄자로 재어 보길 바란다. 의외로 평면으로 볼 때는 하와이 위쪽을 통과하여 태평양을 거쳐 미 서부나 동부로 가는 거리가 짧아 보이겠지만, 지구본에서는 북극 방향으로 올라가서 알래스카를 거쳐 LAX, SFO, JFK로 향하는 거리가 실제로는 더 짧을 것이다. 방사능 노출량은 태양의 흑점 활동에 따라 상당히 달라지지만 북극점에 가까이 다가갈수록 더 많은 방사능에 노출된다고 통계는 이야기하고 있다.

그러나 결론부터 말하면, 캄차카반도 옆으로 다니는 항로 대신 북극항로를 이용할 경우에도 한국에서 제일 먼 노선인 JFK 편도 1회에 통상 0.08 mSv 정도로 노출되며, 그 정도는 X-Ray 노출량인 0.1 mSv 보다 적다.

다만, 직업적으로 승무원은 일반 탑승객에 비해서 비행을 많이 하기 때문에 법적으로 관리해야 하는 노출량연간 6 mSv이 정해져 있고 그 기준을 엄격하게 지키기 위해서 회사는 시스템적으로 관리하여 초과 우려가 있을 경우 비행 스케줄 조절 등으로 관리하고 있다. 또한, 미주나 유럽편은 꼭 북극항로가 아니더라도 일정 부분 미미한 방사능에 노출될 수밖에 없다. 다만 여행을 포기할 만한 위험은 아니다.

마일리지를 쓰고 싶은데 맨날 자리가 없대요.

당신의 옆자리에 앉은 승객은 당신과 같은 금액을 지불하고 항공기에 탑승하지 않았다. 즉, 항공편 티켓의 가격은 성수기와 비수기, 취항 항공사의 수, 직항이나 중간 기착지가 있느냐, 당신이 언제 표를 구입하느냐 등에 따라 다양하게 나누어지고 우리가 상상하는 이상으로 시시각각 변한다. 항공권에는 세

부적인 클래스가 있는데, 당사의 일반석의 경우 제일 비싼 클래스인 Y를 시작으로 B, M, H, E, Q, K, S, V, G, X, N 순으로 가격이 내려가게 된다.

항공사는 처음부터 상대적으로 비싼 Y, B, M 클래스는 많이 열어 놓고 적극 판매를 독려하지만, 가격이 싼 클래스는 초반에는 많이 열어 놓지 않고 기다리다가 예약이 많이 유입되지 않으면 한두 개씩 오픈을 하며 수익Revenue과 탑승률Load Factor의 상반적인 지표의 균형을 맞추며 효율성을 극대화한다.

만약 당신이 타고 싶은 마일리지 클래스 X가 거의 제일 하단에 위치해 있다면, 물리적인 좌석이 있다고 하더라도 판매 단계에서 X 클래스는 많이 오픈을 해 놓지 않기 때문에 매번 좌석이 없다고 느끼는 것이고, 빨리 선점을 하지 않았다면 만석이 되지 않기를 기도하며 대기를 하고 여행 일정에 임박한 시점까지 기다려야만 한다. 참고로 맨 하단의 N은 항공사 직원이 사용하는 ZEDZonal Employee Discount 클래스이다.

또한 먼 나라보다 가까운 나라의 비행기표 가격이 더 비싼 경우도 있는데, 여러 가지 사유가 있겠지만 하나의 항공사가 독점하거나 과점하는 경우 굳이 가격을 내릴 필요가 없기 때문인 경우가 많다. 그러니 소비자 입장에서는 다양한 항공사가 취항하는 도시의 비행기표가 쌀 수밖에 없다.

최근 일본 시장은 환율 하락으로 인해 수요도 많지만 그만큼 FSC, LCC 모두 취항을 재개하면서 경쟁이 과열되고 있고, 비행기표의 가격은 하락세 일로에 있다.

왜 내가 원하는 시간에 항공편이 없는 건가요?

항공기가 출발하고 도착할 때 공항의 자리Slot가 필요하다. 항공사는 승객들이 선호하는 시간과 비행기 스케줄에 따른 연결편 설정 등을 고려하여 공항에 Slot을 요청하고 목적지 공항의 Slot도 별도로 신청하게 된다. 그래서 제주 공항이나 뉴욕 공항처럼 다수의 항공사가 동시에 취항하는 바쁜 공항에서는 누구나 선호하는 Slot을 쉽게 얻기 힘들다. 통상 외국항공사 대비 국적 항공사, LCC 대비 FSC가 더 좋은 Slot을 선점할 가능성이 높다.

Slot의 단위는 통상 5분 단위로 설정되나, 일부 공항의 경우에는 분 단위로 나누는 경우도 있어 18:57 같은 생소한 출도착 시각이 표시되기도 한다. 노선권과 더불어 Slot은 항공사의 자산이며 치열하게 승객들이 선호하는 시간을 확보하려는 경쟁을 통한 산물이다.

새롭게 취항하는 도시의 경우에는 운항기술부서에서 항로 분석을 하여 비행시간을 예상하고 인천국제공항에서 Push Back 후 Taxing하여 실제 활주로에서 비행에 돌입하는 시각까지의 시간과, 목적지 공항에서 도착 후 게이트에 접현하기까지의 시간을 더해서 손님들에게 공지가 되는 출 도착 시각이 최종 산출된다.

전술하였듯이, 여름과 겨울철의 비행시간은 상층풍이나 편서풍의 강도에 따라 달라지게 되며, Slot에 따라 똑같은 항공편이라도 시기별 출, 도착 시각이 달라지기도 한다.

HAWAII,
THE OTHER SIDE···

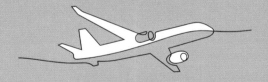

하와이의 비밀

기왕 시작을 했으니 그래도 하와이에 대한 기본 정보는 몇 자 적어야 할 것 같다. 하와이주는 미국의 50번째 주로 인구는 1백만이 넘는다. 왜 섬 몇 개밖에 없는 곳이 미국의 주를 구성하고 있는가라는 의문이 들 것이다. 인구도 많지 않고 사람의 발길이 닿는 면적이 넓지도 않은 그곳이 주State로 승격이 된 이유는 잘 모르지만 아마도 태평양 한가운데의 전략적 요충지라는 점과 천혜의 자연환경으로 인해 완전한 미국 영토로서의 자리매김 필요성 아닐까 싶다.

하와이는 태평양 전체 해상에 대한 권한을 장악하는데 중요한 거점이다. 그 이유로 태평양 함대가 위치해 있고, 태평양 전쟁의 진주만 공습도 발생한 것이다. 만약 북한이나 중국에서 대륙 간 탄도 미사일을 발사하게 된다면 아마도 하와이 섬 머리 위쪽을 지나칠 것이고 그만큼 지정학적으로나 군사적으로도 중요한 위치해 있기에 Hickam 공군기지가 대규모로 포진해 있다.

하와이는 사람들의 인식에서 하나의 주라고 생각하지 못하고 사이판이나 괌 정도의 미국령 정도로 간주되기 때문에 약간은 평가절하되는 부분이 있지만, 분명 본토와 동일한 주로서의 명확한 자치 권한을 가지고 있다.

한국 최초의 이민사는 하와이에서 시작되었는데 인하대학교의 이름이 인천의 인仁과 하와이의 하荷에서 유래되었다는 사실을 나 또한 현지 생활 2년 만에 알게 되었다. 슬픈 역사이기는 하지만 1902년 인천 제물포항에서 출발한 한인들이 땡볕 아래에서 사탕수수를 재배하는 노동자들이 되었다는 사실이 최초의 한인 이민 역사의 시발점이고, 그들의 이주 50주년 기념을 하기 위해 한때 하와이에서 망명 생활을 했던 이승만 박사가 발의하여 인하대학교가 설립된 것이다.

심지어 하와이 중심부의 South King 거리 근처에는 인하공원이 있다. 한때 직원들과 함께 봉사활동 인증을 하기 위해 한국에서 공수한 회사 조끼를 입고 쓰레기를 줍는 사진을 일부러 찍었던 곳도 인하 공원이었다. 한국과 하와이의 인연을 조금이나마 알리고자 한 의도에서 나온 아이디어였으나 너무도 사람이 없어 그 당시에는 다소 처량한 느낌이 들었다. 물론 우리가 일부러 쓰레기를 가져가 펼쳐놓고 줍는 연출을 할 수밖에 없을 정도로 깨끗하니 오해하지 말길 바란다.

인하대학교와 한국 유수의 항공사와의 연관성은 잘 알고 있을 테니, 오랫동안 한국과 하와이를 거의 독점적으로 운항해 온 이유는 바로 그 인연 때문이었다. 따라서 그 항공사의 일본을 거쳐 하와이로 가는 인천발 항공편의 편명이 KE001인 것은 상징적 의미가 있다.

그리고 우리가 알고 있던 호놀룰루 국제공항은 2017년 5월 '대니얼 K. 이노우에 국제공항'으로 명칭 변경되었다. 유명한 하와이 출신의 상원 의원의 이름을 따서 지어진 이름이긴 하지만 이미 전 세계인이 익숙히 알고 있는 100년이 넘는 공항의 이름을 갑자기 왜색이 찬연한 발음하기도 어려운 이름으로 바꾸어 버린 하와이에 거주하는 일본계 미국인들의 영향력이 무섭다.

하와이는 대니얼 K. 이노우에 국제공항이 있는 오하우 섬을 필두로 하여 니하우, 카우아이, 몰로카이, 라나이, 마우이, 카홀라웨, 빅 아일랜드의 8개 섬이 대표적이다. 그중에 '라나이'는 아파트 베란다를 의미하는 현지어인데, 마우이 섬의 바로 앞에 베란다처럼 놓여 있어 그런 이름이 붙었다고 한다. 특히, 빅 아일랜드가 바로 우리가 잘 알고 있는 하와이 섬인데 주 이름과 혼동을 피하기 위하여 빅 아일랜드라는 이름으로 불린다.

하와이에서 살고 싶다는 생각을 하고 있다면, 현지인들

의 배타성과 그들만의 리그가 존재한다는 점을 반드시 인지하길 바란다. 특히나 유명한 관광지이기 때문에 현지인들은 그저 한 달 두 달, 길어봤자 몇 년 살다가 떠나는 사람들에게는 깊은 정을 주지 않으려는 경향성을 갖고 있다.

미국이라고는 하지만 순수한 백인은 거의 찾아보기도 힘들고 아시아계 미국인이 다수이며 특히 일본계 미국인은 하와이의 정치, 경제를 장악하고 있다고 해도 과언이 아니다. 따라서 백인에 대한 인종차별이 심하기로도 유명하다. 백인에 대해서는 '하울리'라고 자기들끼리 몰래 부르곤 했는데 '멍청한 백인'이라는 뜻의 비하하는 호칭이니 주의하기 바란다.

미국은 하와이를 식민지화한 후 백인 가족에게 특별 혜택을 주며 이주시키기도 했는데, 결국 그들은 하와이의 텃새에 밀려 소수 인종에 머무르고 있다는 것을 보여주는 현실이다. 또한 동양에서 이민 온 이주자들이 대부분이기 때문에 미국임에도 불구하고 동양적인 문화가 뿌리 깊게 박혀 있으며 인종차별을 당할 가능성은 낮아, 높은 물가를 버틸 수 있다면 조기 유학도 권장할만하다.

하와이에 대해서는 여행 가이드 책이나 블로그 등에서 충분히 그 최고의 장점과 여행을 떠나야 할 이유를 쉽게 얻을 수 있을 것이다. 따라서, 본 장에서는 일반인이 잘 모르는 다소 다른 하와이의 이면에 대해 다루고자 한다.

섬의 서쪽에는…

통상 오하우 섬을 관광하는 여행객들은 와이키키를 시작으로 다이아몬드 헤드, 하나우마 베이, 샌디 비치, 라니카이 비치, 쿠알로아 랜치, 노스쇼어, 할레이바, 돌 플랜테이션을 거쳐 와이켈레 쇼핑몰을 들러 다시 와이키키로 돌아오는 방식으로 관광 계획을 짜는 경우가 많다. 섬의 오른편 쪽에 다수의 관광지가 위치해 있기도 하지만 섬의 왼편은 상당한 면적이 접근이 힘든 군사지역이기 때문이기도 하다.

와이키키의 호텔 밀집 지역에서 렌터카를 타고 H1 고속도로를 통해 서쪽으로 달려가다 보면, 공항을 지나 진주만을 지나가게 되고 펄시티를 거쳐 카폴레이 쪽으로 가는 길이 있다. 그리고 관광객들은 통상 올라니, 디즈니 스파 정도에서 자동차를 돌려 나올 것이다.

하와이에 몇 년 동안 거주하면서 동편으로 만의 관광이 지겨워 한 번은 가족들을 데리고 섬의 원편으로 끝까지 달려가 본 적이 있다. 그냥 단순히 드라이브 정도였는데 한가하고 관광객이 거의 없는 현지인들만의 바다가 펼쳐져 있었다. 와이키키와는 다르게 기온이 조금 더 덥고 건조하지만, 약간은 투박하지만 전경은 더 아름답다고 느껴졌다.

그 지역의 바다를 둘러보고 잠시 편의점을 들려 과자와 물 한두 병을 사고 돌아온 게 전부였는데, 다음날 직원들에게 거주민들도 그쪽으로는 잘 가지 않는다며 큰일 날 뻔했다고 하는 말을 들었다. 그 이유는 그 지역은 우범지역으로 간주되기 때문이었다.

전해지는 이야기는 다소 흉흉했다. 밤에 낯선 차가 그 지역 동네에 차를 주차하고 식사를 하는 동안 차의 뼈대만 남고 모두 분해해서 훔쳐 갔다는 이야기부터, 하와이 섬의 범죄자들이 법망을 피해 숨어 들어가는 동네라고 한다거나, 마약을 하는 사람들이 많다고 하며, 편의점에 주인 앞으로 철창이 설치되어 있다는 이야기 등.

들어 보니 내가 가족들을 데리고 무모한 짓을 했구나라는 생각까지 들었다. 그 이후에도 두어 번 더 갈 일이 있었는데 차에서 내리지 않고 그냥 차 안에서 바닷가와 거리를 구경하고 돌아온 적이 있다. 그러나 분명 그곳의 바다는 섬의 오른편과는 다소 느낌이 달랐다. 세련된 느낌은 덜했지만 때 묻지 않은 천연의 자연환경을 간직하고 있는 모습이랄까. 그런 곳에서 폴리네시안 가족들이 해수욕을 즐기는 모습이 너무도 평화로워 보였다.

만약, 장기간 하와이에서 머물게 된다면 난 꼭 한번 서쪽의 끝으로 차를 달려서 해변 드라이브를 즐기라고 권하고 싶다. 단, 물을 준비하고 가급적 차에서는 내리지 않는 것이 좋을 것 같다. 또한 집값도 상대적으로 저렴하니 하와이에 멋있는 별장을 하나 구매하는 꿈을 꾸어도 좋을 듯싶다.

Stairway to Heaven

밀라 요보비치 주연의 영화 〈Perfect Getaway〉에도 하와 이의 멋진 산에서 즐기는 등산 장면이 나오기는 하지만 의외로 하와이는 트레킹 천국이다.

이미 잘 알려진 코코 헤드 크레이터 트레일 하이크는 등 산이라고 칭하기엔 다소 짧지만 기찻길 같은 오르막을 무조건 직진으로 땡볕에 올라가야 하기 때문에 가급적이면 새벽녘에 등반을 시작할 것을 추천한다. 정상에서는 360도 파노라마의 하 와이 전경을 볼 수 있는 곳이라 눈이 호강할 것이다. 내려오는 길은 계단이 낡아 다소 위험하니 조심히 하산해야 한다.

산이라기보다는 분화구 봉우리라 볼 수 있기도 한 이곳 에 어느 백인 할아버지가 그 오르막 철길 계단을 뒤로 돌아 뛰어서 올라가는 걸 보고는 놀란 적이 있다. 그분은 매일 하루에 2번 씩 그 계단을 같은 자세로 오른다고 한다.

마노아 폴스 트레일은 집에서도 멀지 않아 두어 번 갔었는데 크지는 않지만 자그마한 폭포도 있고 아기자기한 트레일이라 가볍게 다녀올 수 있었다.

이 밖에도 마카푸에서는 새해 아침의 떠오르는 해를 보기 위해 가족들과 함께 새벽 등반을 한 적이 있는데, 현지인들도 웃으며 새해 첫날의 여명을 보기 위해 줄지어 있는 모습을 보고 놀란 적이 있다. 한국이었다면 겨울 등산이지만 하와이에서는 초가을 등산 정도인 날씨인 데다가 매일 같은 화창함으로 인해 거의 99% 떠오르는 해를 볼 수 있다는 장점이 있다.

안타까운 것은 하이쿠 계단, 일명 천국의 계단Stairway to Heaven을 가보지 못했다는 것이다. 친하게 지내던 조업 직원들이 몇 번이나 같이 가자고 했었지만 기회를 가지지 못했다. 이곳은 섬 북쪽에 위치해 있으며 1942년 미 해군이 무선 기지국을 설치하기 위한 군사적 목적으로 계단이 만들어졌는데, 1987년 문을 닫은 이후 전 세계의 하이커들의 버킷리스트로 자리 잡을 정도로 유명하다고 한다. 다만 개방이 되어 있지 않아 경비원을 피해 심야에 몰래 올라가는 불법을 감행해야 한다고 들었다.

계단은 상당히 가파르고 위험하다고 하며 계단수는 무려 3,922개에 달한다고 한다. 정상에서의 풍경은 가히 하와이 최고

✦

의 절경이라고 하니 새벽잠이 없고 500불 정도의 벌금이 두렵지 않은 사람이라면 반드시 시도해 보기 바란다.

마지막으로 누구나 다 아는 제일 유명한 다이아몬드 헤드 트레킹은 오후에 올라가는 것이 좋다. 해가 지는 편 안쪽으로 등산로가 위치해 있기에 그늘 속에서 등산을 할 수 있다.

이 외에도 마우이, 빅아일랜드에도 엄청나게 트레킹을 즐길 수 있는 곳은 많다. 트레킹을 좋아하는 사람이면 와이켈레 쇼핑몰에서 등산화를 한 켤레 사서 배낭 속 작은 물병 하나와 구글에서 찾은 트레킹 코스를 보며 꼭 한번 즐겨 보길 바란다.

홈리스의 천국

말 그대로 하와이는 노숙자의 천국이다. 경찰이 계속 순찰을 돌며 와이키키 지역이나 관광지에는 노숙자가 모여드는 것을 방지하지만 현지인들이 거주하는 주택가로 접어들면 길가에 허름한 텐트가 즐비하다.

내가 살던 집 앞 길거리에도 한 노숙자 할아버지가 365일, 24시간 캠핑 의자에 앉아 지나가는 차를 지켜보기만 했었다. 혹여 돌아가신 게 아닐까 할 정도로 움직임이 없어서서 도인이 면벽 수행을 하고 있는 것은 아닐까 상상도 해 보았고, 한 번은 아들 녀석이 자전거를 타고 가다가 그 앞에서 실수로 넘어지자 할아버지가 놀라서 벌떡 일어나는 것을 보고는 '직립보행이 가능하신 분이었구나'라고 생각하며 속으로 엄청 웃었던 기억이 있다.

한편, 출근길 신호 대기 중에 거리에 있던 자그마한 텐트 안에서 노숙자 부부에 이어 아이들까지 총 9명이 잠이 부스스하게 나오는 것을 보고 놀라 신호등이 바뀌었음에도 불구하고 넋을 놓고 바라본 적도 있다.

하와이의 노숙자 중 하와이 출신은 거의 없다. 그들은 미 본토에서 구걸을 해 간신히 하와이행 편도 티켓을 사서 건너오곤 하는데, 4계절 내내 밖에서 자도 얼어 죽을 일이 없으며 여행으로 맘이 너그러워진 돈 많은 관광객들이 많아 구걸을 하기가 편하기 때문이다.

홈리스가 너무 많아지자 과거 하와이 당국은 예산을 들여 그들에게 다시 본토로 가는 편도행 티켓을 마련해 준 적도 있었다고 하는데, 일부는 그 티켓을 팔아 마리화나를 사서 피우고는 다시 제 자리로 돌아갔다는 웃픈 이야기도 들었다.

여행 중에 홈리스를 만나면 1불 정도의 돈을 던져 주는 것은 몰라도 절대 음식을 주어서는 안 된다. 샌드위치 같은 음식을 주면 맛있게 먹고 난 후 식중독이 걸렸다며 당신을 상대로 소송을 걸 수도 있기 때문이다. 홈리스의 식중독 소송 전문 변호사가 뒤에서 코칭을 하고 있다는 소문도 있으니 참고하길 바란다.

그놈들에 대하여

노약자나 임산부 및 심약자는 이 부분은 뛰어 넘길 바란다. 앞으로 무서운 내용이 전개되기 때문이다. 하와이는 천당 밑에 999당이라고 불리기도 하지만, 그놈들대형 바퀴벌레에게도 999당이다.

연중 온화한 날씨에 적당한 습도와 바람은 사람에게만 살기 좋은 게 아니다. 그놈들에게도 천혜의 서식지를 제공하기 때문에 하와이에서 살고 싶은 사람이라면 반드시 그놈들에 대한 마음의 준비를 해야 할 것이다.

우리 집의 경우에는 4년 동안 약 5~6cm에 달하는 사이즈의 그놈들이 열 번 정도 출몰한 적이 있으며, 밤에 자전거를 타고 한적한 주택가를 달리다가 방향을 잃고 날아다니던 그놈이 갑자기 내 얼굴에 아플 정도로 충돌한 적도 있다. 아파트 옥상 바비큐장에서는 밤하늘에서 들리는 '두다다다' 소리에 이 밤중에 헬리콥터가 비행을 하네라는 생각을 했었는데, 교미기의 그놈들이 서로 몸을 부딪히며 날아다니는 소리라는 걸 듣고는 기겁한 적도 있다.

지인의 경우에는 길을 걷다가 누군가 자꾸 뒤에서 옷을 잡아당겨서 돌아보았는데 아무도 없길래 의아해했는데 알고 보니 그게 그 놈이 등 뒤를 기어서 올라가는 중이었다는 말도 안 되는 사연도 있었다.

물론 그런 놈들이 혹시나 비행기로 기어 들어가 승객들을 공포로 몰아넣는 바람에 회항을 할 수도 있기에 늘 경계심을 가지고 문 닫기 전에 벽을 살펴보던 일도 지점장의 중요한 체크리스트 중 하나였었다. 공항 지점장으로서 승무원의 L/O 호텔 관리도 하였는데, 객실에서나 휴게실에 그놈이 출현했다며 호텔 변경을 요청하는 리포트도 많이 받아봤다.

그놈들과의 기억 중 가장 힘들었던 순간 몇 개를 짧게 담아 보겠다.

회사에서 업무를 보던 중 아파트 시큐러티에게 전화가 걸려 왔다. "유닛 넘버 911? 너네 집에서 비명 소리가 들려. 확인해 보는 게 좋을 것 같아!" 너무 놀라 집사람에게 전화를 걸었고 이내 울음 섞인 목소리로 돌아온 답변은, 집에 그놈 한 마리가 나와 지금 아들 녀석이 간신히 잡아서 처리했다는 것이었다. 12살의 어린 나이라고 하더라도 사내라고 엄마가 하도 소리를 지르니 어쩔 수 없이 처리를 했나 보다. 불행 중 다행이기에 즉시 경비실로 전화를 다시 하여 사정을 설명했더니 웃으며 "오호! 그런 경우 많아. 이해해~"라는 대답이 돌아왔다.

한 번은 내가 휴일 낮에 집에서 발견한 놈이었다. 이놈은 최초 발견 시, 천장에 거꾸로 붙어 있길래 족히 30분 이상 스윙 연습을 하고 신문 뭉치를 들고 의자에 올라 밑에서 위로 올려쳤는데, 헛스윙과 함께 식탁 의자에서 떨어져 무릎에 상처를 입은 후, 냉장고 손잡이로 옮겨간 녀석의 옆구리를 내려치고 소파 밑으로 옮겨가며 사투를 벌이는 녀석에게 거의 한 통의 살충제를 뿌려댄 후에야 간신히 잡을 수 있었다.

마지막으로, 어느 날 이상하게도 새끼 같은 작은 녀석들 몇 마리가 수일에 걸쳐 거실에서 발견되면서 이상함을 느껴, 식기 건조대를 들어 그 하단을 확인하려는 순간, 거기가 그놈들의 에일리언 알이 모여 있는 근거지라는 걸 알고 놀라 자빠질 뻔했었다. 만약 하와이에 사는 동안 그놈들을 집안에서 발견하게 된다면 약 먼저 뿌리지 말자. 약을 아무리 뿌려 봤자 소용없다. 정확한 타격을 통해 상해를 입힌 후에야 약을 뿌려야 한다. 하와이의 편의점이나 월마트 등에는 별도의 살충제 코너가 크게 자리 잡고 있으니 참고하기 바란다.

알아듣기 쉬운 영어

　오바마 전 대통령이 하와이 출신이라는 것은 잘 알고 있을 것이다. 그는 집이 좀 부유했는지 Punaho를 다녔는데 하와이에서 그 학교는 아주 유명한 명문 사립 고등학교다. 그 외에 Iolani 사립학교도 명문이다.

　하와이 거주 시절 알아본 유명 사립학교의 학비가 거의 연간 수천만 원 이상이었고, 기숙사를 이용하게 되면 학비는 더욱 올라간다. 대학 캠퍼스 마냥 시설도 뛰어나고 크기도 엄청 크며, 위치도 와이키키 지역에서 20분 미만 거리로 상당한 장점들이 많이 보이긴 했다. 학교에서는 동양인에 대한 인종차별이 거의 없다고 봐야 하고 치안상태도 우수하다.

　부모의 경우 골프, 쇼핑과 관광 등을 즐길 수 있어 여름방

학 중 1~2달을 아이들과 같이 머물며 영어와 여행을 동시에 즐기는 사람들도 많이 보았다. 다만, 하와이는 섬 지역 특유의 억양이 있고 약간은 느린 '피전'이라고 불리는 사투리를 쓰는 경우가 있어, 처음에는 영어를 알아듣기도 쉽고 배우기도 쉽지만 본토에서는 사투리라며 다소 무시당할 수도 있고, 느린 영어에 익숙해지다 보면 같은 미국이라고 하더라도 본토 말은 알아듣기가 조금 더 어려워질 수도 있다.

좋은 교육기관의 선생님들은 대부분 정확한 본토 영어를 구사하였지만, 공립학교의 선생님들 중 현지인 출신이나 동양계 미국인 선생님들의 발음은 미드에서 들었던 영어와는 달리 알아듣기 쉬워서 내가 이렇게 영어를 잘 알아 들었었나 하는 착각을 하게 만들었었다.

조기유학을 생각하고 있는 분들이라면 날씨, 치안, 음식, 쇼핑, 기타 즐길 거리를 감안한다면 좋은 선택일 수도 있다. 다만 살인적인 물가와 더운 지역의 특성상 다소 느슨한 면학 분위기가 있음을 염두에 두고 충분히 검토해 보길 바란다. 실제로 하와이 공립학교의 교육 수준은 미국 내에서 거의 최하위 수준이라는 기사를 많이 보았었다.

The other side of Hawaii

하와이에서는 왜 이렇게 행정적, 공적인 실수가 많이 발생할까 하는 생각이 들 정도로 일을 꼼꼼하게 하는 경우가 드물다. 전술하였지만, 미국임에도 불구하고 더운 나라에서 보이는 느림의 미학은 물론이거니와 절대 한 번의 확인만으로는 일이 제대로 처리되지 않는 경우가 많았다.

아내의 운전면허 취득 과정에서도 한 DMVDepartment Of Motor Vehicles 직원의 실수로 인해 거의 3년간 면허증 발급이 불허되어 국제 운전면허증으로 버텼으나, 귀임 직전 다른 곳에 위치한 DMV 직원이 쿨하게 "이유는 모르겠지만 그 당시 직원 실수 같아. 너 면허증 발급 가능해!"라는 말을 듣고 망연자실한 적도 있었다.

1년여간을 멀쩡히 취항하고 있던 회사의 꺾쇠 로고가 하루아침에 공항 전체 전광판에서 색동이 로고로 바뀌어 왠지 반갑기는 했으나, 공항공사 측에 수차례 항의 전화를 했음에도 불구하고 그 이유가 무엇인지, 누가 그랬는지도 끝까지 알 수 없는 상태에서 원래의 꺾쇠로 돌아가는 데 거의 1개월이 걸렸었다.

　　한국보다 느린 행정 시스템은 우리가 비정상적으로 빠른 것이니 어느 정도 이해가 되었지만 정부기관, 은행 등 사회 전반 곳곳에서 실수 또한 많기에 반드시 확인하고 또 확인해만 한다.

　　가끔은 운(?)이 좋은 경우도 있었는데, 모 유명 쇼핑몰 사이트에서 골프백을 주문하여 배송받아 열어보니 추가 구매를 하지도 않은 신형 드라이버가 그 안에 떡 하니 들어있었고, 오배송되었으니 돌려달라는 말도 없어서 황당했던 적이 있다. 고객센터에 전화를 걸어 가져가라는 통화의 시도도 어려웠을 뿐 아니라, 끝내 성공한 통화에서도 그럴 리가 없다며 확인 후 전화를 주겠다고 했으나 결국 연락은 없었다.

　　공항에서 근무하며 조업 직원들의 실수로 인한 죽을 것만 같던 순간에도 이 모든 게 "Aloha Spirit"라며 웃는 현지인들을 보며 내가 적응 못하면 말라죽겠다는 생각도 수없이 했었다.

　　아침에 마트를 가려고 했는데 누군가 Street Parking 상태의 차의 뒷문이 열리지 않을 정도로 들이박고 뺑소니를 한 사고에도 여유만만한 Hawaii P.D의 경찰관 한 명은 출동에 20분 이상이 소요되었음에도 뻔뻔스럽게 "여기는 한국과 달리 CCTV가 없어. 개인의 사생활을 존중하기 때문이지. 노력해 보겠지만 범인을 찾기는 힘들 거야"라는 성의 없는 답변만 들어야 했다.

하와이는 거주민 중 젊은이에 비해 노인의 비중이 상당히 높다. 온도와 습도가 적당한 수준을 일 년 내내 유지하기 때문에 관절이나 호흡기에도 무리를 주지 않아 부유한 노년층이 은퇴 후 이주해 오는 경우가 많기 때문이다.

노인의 비율이 높다는 건 그만큼 노령 운전자에 의한 교통사고도 많이 발생한다는 의미가 될 수도 있지만, 1년 365일 내내 앰뷸런스나 911의 사이렌 소리가 미칠 듯이 크게 들린다는 것을 의미하기도 한다. 거주지 인근 지역 어디서나 시도 때도 없이 크게 울려대는 911 구급차의 사이렌 소리에 감상하던 영화와 음악을 잠시 멈추어야 하는 건 당연한 일이었다.

한 번은 현지 신문의 기사에서 한 노인분이 1년에 300번 이상 앰뷸런스를 호출했다는 기사를 보고 놀랐던 기억이 있다. 물론 선진국답게 노령층의 911 호출은 별도의 비용을 수반하지 않는 것 같았다.

참고로 여기선 의외로 관광객의 여행 중 사망사고에 대해서는 기사를 거의 다루지 않는다. 관광업이 주인 하와이의 산업 구조 상 사망사고에 대한 대서특필은 누구도 반기지 않는 기사일 것이기 때문이다.

그리고 미국임에도 불구하고 동남아 모 독재 국가처럼 주정부의 부패 지수도 높아 보였다. 인맥이나 학연에 의해 중요한 결정이 좌지우지되는 경우도 많이 보면서 이게 미국의 이면인가? 아니면 하와이의 특수성인가?라는 생각에 혼란스럽기도 했다.

또 다른 하와이의 이면을 보여주는 경험을 적어본다.

미국은 운전이 필수이기도 하지만 운전면허증으로 신분증을 대신하는 경우가 많기에 반드시 정착 초반에는 면허증부터 취득해야 한다. 부임 초기 면허증 취득을 위해 바쁜 시간을 쪼개어 필기시험을 보았고—당시에는 영어 시험만 있었지만 현재는 한국어 버전으로도 시험을 볼 수 있다—, 통과 후에 실기 시험을 준비해야만 했다.

한국과는 다소 다른 실기 시험 방식으로 인해 운전강사를 소개받아 시내 주행을 하면서 시험 방식을 익혀갔는데, 문제는 인터넷으로 예약해야 하는 현지의 실기 시험에 워낙 대기 인원이 많아 예약할 수 있는 시험 일자는 거의 한 달 이상을 기다려야만 했다.

운전면허증 취득을 해야만 신분증이 필요한 필수적 개인 업무를 볼 수 있었기에 발을 동동 구르고 있었는데, 운전 강사님이 "현장 대기도 가능합니다. 다만, 그날그날 시험을 볼 수 있는 인원의 차이가 많아서 상당히 앞자리에서 대기를 해야만 하는데 보통 시험 전일부터 텐트 치고 의자 놓고 20시간 이상 기다려야 안정권 자리를 차지할 수 있어요. 회사 업무로 인해 시간 없으시다고 했지요? 그럼 100불만 내시고 아르바이트 쓰시면 됩니다"라고 알려주었다.

놀라웠지만 시간이 없던 나는 즉시 아르바이트를 쓰겠다고 했다. 그리고 대신 줄 서준 그 필리핀계 미국인 친구는 정말 투철한 직업정신을 가지고 있어서 시험 전일 아침부터 캠핑 의자를 가져가 1등으로 기다리고 있었고, 시험 당일 아침 7시 50분에 나랑 자리를 바꾸어 100불을 손에 들며 '굿 럭!'이라는 덕담도 잊지 않았다. 그리고 그날 시험을 볼 수 있는 인원은 대기 인원 200여 명 중 딱 3명에 불과했다.

끝으로 그곳에서 오래 생활하다 보니 언어 구사, 음식, 생김새 등으로 인해 하와이가 미국인지 일본인지 헷갈렸고 정치, 경제, 문화, 교육계에 일본계 미국인 3~4세대가 다수를 장악하고 있어 영어를 못해도 일본어만으로도 현지 생활에 큰 어려움이 없어 보였다.

코로나 시대 이전, 인터넷으로 검색해 보면 정말 엄청난 수의 일본발 항공편이 취항 중이라는 사실에 놀라웠었다. 이러니 내 눈엔 여러 방면에서 하와이는 안타깝게도 일본 땅으로 보였다.

한 일본계 여행사의 광고 카피를 들은 적 있다.

"죽기 전에 가 보아야 할 우리 섬. Hawaii."

이 정도로 하와이를 좋아하니 얼마나 많은 일본인과 일본 문화가 하와이에 뿌리 깊게 내려 있는지 추측할 수 있을 것이다. 현지 로컬 음식이라며 꼭 먹어 보아야 한다고 소개되는 스팸 무스비, 로코모코, 아히포케도 모두 일본 음식을 기초로 현지인의 입맛을 가미하여 변형된 음식이다. 덕분에 초밥을 좋아하는 나는 원 없이 여기저기에서 파는 초밥을 실컷 먹긴 했다.

✈

하와이의 진짜 로컬 맛집

먼저, 이 책에서 소개하는 식당은 개인 취향에서 비롯했음을 분명히 밝힌다.

여행 가이드북에 나오는 대다수의 식당들이 분위기도 좋고 맛도 좋은 식당이라는 건 의심할 여지가 없는 사실이다. 그러나 거의 관광객들이라 현지 분위기를 느낄 수 없다는 단점이 있고, 오랫동안 대기를 하거나 가격이 다소 비쌀 수 있기 때문에 하와이를 최소 한 번 이상 방문해 본 관광객은 하기의 식당을 가볍게 한번 들러 보길 바란다.

참고로 식당이 Liquor License가 없어 주류를 취급하지 않는다면, 편의점에서 사 가지고 가서 마시는 것도 불법이 아니니 슬쩍 물어보고 가능하다면 와인 한 병 사 가지고 가서 마시고

와도 된다. 고급 레스토랑이 아니라면 별도의 Corkage를 받지 않는 곳도 많다.

Sweet e's Café

하와이 현지인들이 즐겨 찾는 브런치 카페로 아주 유명해서 대기시간이 길다. 메뉴 중 에그베네딕트, 크로와상 샌드위치, 프렌치토스트를 선택해 보자. '내가 정말 하와이에 와 있구나'라는 느낌을 혀로 느낄 수 있을 것이다.

Address: 1006 Kapahulu Ave, Honolulu, HI 96816

Ichiriki

술을 많이 마신 다음날 해장을 위해 항상 들렀던 식당이다. 여러 가지 베이스의 육수에 미트볼과 각종 채소, 샤부샤부 고기를 넣어 먹는 1인용 나베 맛집이다. 밥은 기본으로 제공되고 김치도 주문할 수 있다. 한국인의 입맛에는 PirikaraSpicy Shoyu 육수가 제일 맞는 것 같다. 마늘과 매운 고추로 약간 매콤하고 얼큰한 맛이 난다. 과음한 다음날이면 무조건 강추다.

Address: 510 Piikoi St. Honolulu, HI 96814

Sushi Bay

개인적으로 하와이에서 제일 애정 하는 식당이다. 가성

비와 맛, 양을 모두 잡을 수 있다. 회전 초밥집이지만 주문을 하면 셰프가 바로 그 자리에서 만들어 준다. 참치, 연어, 새우 등 일반적 초밥의 종류가 여러 가지가 있지만 Garlic Ebi마늘 마요 새우초밥는 정말 최고니 꼭 주문해 보길 바란다. 한입에 넣을 수도 없이 큰 초밥의 크기를 보면 역시 미국이 맞구나 하는 생각이 들 것이다. 점심시간을 피해가도 웨이팅이 있으니 미리미리 도착하길 바란다.　　　Address: 590 Farrington Hwy, # 130, Kapolei, HI 96707

Cuu Long Vietnamese Restaurant

　　　의외로 미국에서 먹는 베트남 음식이 맛있다는 건 경험적 사실이다. 특히 쌀국수는 베트남 현지에서 먹는 맛에 비해 오히려 더욱 내 입맛에 맞게 느껴져 술을 즐기는 나에겐 훌륭한 해장음식이 되었다. 힘들게 비행기를 돌려보낸 후 직원들과 해장을 위해 점심에 자주 들렀던 곳으로 쌀국수의 사이즈를 골라서 주문할 수 있다.

　　　특히 X-Large Bowl은 한국인 3명이 먹을 만큼의 양으로 우리는 농담 삼아 '세숫대야 쌀국수'라고 불렀는데 현지인들은 가볍게 한 그릇 뚝딱하는 모습을 본 적도 있다. 예전엔 가성비 맛집이었는데 장사가 잘 되는지 가격이 다소 오른 것 같아 아쉽다. 사이드 메뉴들도 맛있고 베트남식 커피도 달달하게 맛있다.

Address: 98 199 Kamehemeha Hwy B7, Aiea, HI 96701

Nico's Pier 38 Fish Market Restaurant

오하우에 도착해서 호텔 체크인까지 시간은 남았는데 배는 고프다면 여길 한번 들러보면 어떨까 싶다. 공항에서 와이키키로 가는 길목에 있기에 어차피 가는 길에 들른다고 생각하고 아히 포케를 시도해 보자. 38번 부두 앞에 있는 식당이라 풍경도 좋고 다소간 수산 시장에 온 듯한 느낌도 받을 수 있다.

하와이 해변에서는 바다 비린내를 맡을 수 없었을 것이다. 하와이 섬 인근 바닷속에는 해초가 거의 없어 물고기가 많이 모이지 않는다. 그래서, 스쿠버 다이빙이 푸른 바다에 비해서 활성화되지 않았다. 물고기가 없으니 해안가에서도 당연히 비린내가 거의 나지 않는다.

수산 시장 느낌이라고 해도 절대 한국의 그것을 떠올리면 안 된다. 그저 푸른 하늘을 배경으로 고급 요트와 선박들을 구경하기만 하면 된다. 백종원 님이 방문해서 유명해지기도 했다.

Address : Nimitz Hwy, Honolulu, HI 96817

The Social Eatery & Bar

미국 스타일의 스포츠 바에 가서 NBA를 TV로 보며 다트를 하고 싶지 않은가? 동양식 스타일의 퓨전 음식과 맥주가 너무 맛있는 술집이다. Blue Moon 맥주를 draft로 주문하면 오렌지를 잔에 끼워서 서비스하는데 향긋한 오렌지 향의 맥주가 지

금도 침을 돋게 한다. Oyster Shooter와 Garlic Bacon Fried Rice
도 강추다.   Address: 1018 McCully St, Honolulu, HI 96826

돼지공주(Café Princess Pig)

여행 중에 야식 생각이 간절하거나 한국 안주가 당길 때
실내 포장마차 분위기의 술집을 찾는다면 이곳에서 소주를 마
셔보자. 미국에서 마시는 소주가 또 그렇게 맛나다.

메뉴는 돈가스, 프라이드치킨, 골뱅이무침, 옛날 도시락
등 다양하다. 만약 한국에서 마시는 폭탄주의 맛을 그대로 재현
하고 싶다면 맥주는 반드시 Coors Light로 주문하기 바란다. 코
인식 노래방도 있으니 그날은 그냥 미쳐도 된다. 다만, 내일 공
항 도착은 절대 늦지 말기 바란다.

Address: 1350 S King St, Honolulu, HI 96814

Menchanko-Tei

일본식 냉라면 맛집이다. 알라모아나 쇼핑센터에서도 가
까워 쇼핑 후 도보로 가볍게 들를 수도 있다. 한국에도 돈가스 전
문 식당이 많은데도 불구하고 가족들은 이곳의 돈가스 맛을 절대
잊을 수가 없다고 극찬했다. 밥과 일본 된장국도 일품이다.

Address: 903 Ke'eaumoku St. C101A, Honolulu, HI 96814

안동반점

하와이에서 한국식 중국 음식이 그립다면 한번 들러보자. 짜장면, 소고기 탕수육, 삼선 짬뽕 모두 한국의 웬만한 중식당만큼 맛있다. 특히 짬뽕 국물이 진해서 해장으로 좋다.

Address: 1499 S King St, Honolulu, HI 96814

거부(Million)

오이 물냉면 맛집이다. 다른 메뉴도 먹어 보았지만 내 입맛엔 오이 물냉면이 정말 잊을 수 없을 정도로 너무 맛있어서 살얼음이 낀 시원한 냉면 국물과 함께 하와이의 더운 여름을 날려 버린 적이 많다.

Address: 626 Sheridan St, Honolulu, HI 96814

EPILOGUE

거의 매일, 비행기를 보내고 나오는 길에 유니폼 넥타이를 풀러 주머니에 찔러 넣고 워키토키를 충전기에 놓아둠과 동시에 사무실 밖으로 나가 길 건너편에서 하늘을 올려다 보았다. 그러고는 하와이의 싱그러운 바람과 햇살을 만끽하며 그날의 비행편을 복기하고 하루의 고단함을 털어냈었다.

쾌청한 하늘과 탁 트인 시야를 통해 저 멀리 높고 낮은 산들이 보이는 그곳이 나만의 비밀 공간이 되어 당시에는 넘지 못할 것 같았던 수많은 고민들의 해법을 찾으려 노력했었고, 사람들이 오래 머물지 않는 장소에서의 심리적 안도감 속에서 힘겨움의 한숨을 내뱉기도 했었다. 복귀 후 다시 찾은 여행에서도 나에겐 하와이에서 가장 익숙하고 편안한 장소인 그곳을 들러 시선에 맞춘 반가운 사진을 찍어 두곤 한다.

지금도 눈에 선하다. 땀과 눈물 그리고 열정, 울고 웃었던 소중한 추억들이 있었기에 먼 훗날에도 쉽사리 머릿속 한편 기억의 저장소를 떠나지 않을 듯싶다. 오히려 망막으로 전해지던 하와이의 찬연한 색감만이 바래질 뿐 사람들과 교감했던 시간들은 더욱 선명해질 터이다.

누구의 손도 거치지 않은 상태에서 점점 직원들의 손 때가 묻어가던 카운터의 전경도 그립다. 신입사원으로 시작해서 점점 베테랑이 되어가는 그들 덕분에 나의 할 일도 줄어들었는데, 그럴 때면 간혹 손님들을 정성껏 수속하는 모습을 멀리 떨어진 수하물 검색 테이블 위에 걸터앉아 엉덩이가 아파오는 줄도 모르고 한참을 바라보며 '힘들었지? 그래도 잘했어 인마. 진짜 수고 많았어!'라는 자기 격려도 잊지 않았다.

그랬다.

이미 불혹의 나이를 훌쩍 넘어가고 있었지만 평생의 제일 힘들었던 기억을 남긴 그곳에서 나는 그 누구에게도 부끄럽지 않게 치열하게 견뎌냈고, 젊은 날 마음이 가리키는 방향으로 선택한 항공업계의 다양한 업무들을 배우고 익힐 수 있었던 소중한 시간을 살아냈다.

수미쌍관이랄까 이제는 돌아와 거울 앞에 선 누님처럼 입사할 때 배치받은 그 팀에 다시 앉아 있다. 그 사이 얻은 다양한 경험과 서투른 지식을 더 늦기 전에 전달하고 싶었기에 하릴 없이 사족이 길어지기도 했다.

　　최소한의 품위와 밥벌이라는 대척점에서 어차피 직장인 인 우리의 삶은 늘 고민과 갈등이 상존할 수밖에 없다. 하지만 최소한 내가 선택한 길이라면 책임감을 가지고 그 자리에서 최 선을 다해야만 한다. 그러므로 경제학의 원칙 중 '세상에 공짜 점심은 없다'라는 진실을 늘 기억하려 노력한다.

　　항공사는 전통적으로 외생 변수에 취약한 업종이다. 환 율, 유가, 전쟁, 천재지변 등 예상치 못한 변수들이 회사의 수익 성 창출에 심대한 영향을 주며 서비스에 민감한 문화에서는 운 송업 이전에 서비스업으로 무게의 추가 기울어져 있다.

　　다양한 직군들의 수 없는 요구사항과 애로점은 경영자의 입장에서는 난제일 수 있으나, 그 속에서 한데 어우러져 각자의 업무를 수행하는 직원들의 입장에서는 간절히 원했던 업무를 다이내믹한 환경 속에서 누릴 수 있는 장점이 있다.

　　연봉보다는 여행을 선호하는 자유로운 영혼들이 항공사 를 선택할 것이다. 특별한 사정이 없다면 이직도 잘 이루어지지 않아 평균 근속연수도 타 산업군에 비해 높다고 볼 수 있다. 27 년 전 막연한 기대로 항공사를 선택했던 나는 지금의 나를 상상 조차 못했겠지만, 끝을 보려고 서두르지 않았기에 즐기며 올 수 있었고 앞으로도 그럴 것이다.

여전히 비행기를 보면 가슴이 뛰고 이륙할 때 창밖으로 보이는 도시와 구름과 하늘은 너무도 아름답다. 이런 설렘이 삶을 지탱하는 원동력이고 항공사에서 오랫동안 근무하게 만든 버팀목일 것이다. 오늘도 등 뒤에서 귓가를 가르는 비행기의 엔진 소리가 정겹다.

마지막으로 대학시절 가장 좋아했던 Robert Frost의 'The Road Not Taken가지 않은 길'이라는 영시의 마지막 문단으로 글을 마감하는 아쉬움을 달래고자 한다.

오랜 세월이 지난 후 어딘가에서
나는 한숨 지으며 이야기할 것입니다.
숲속에 두 갈래 길이 있었고, 나는
사람들이 적게 간 길을 택했다고
그리고 그것이 내 모든 것을 바꾸어 놓았다고.

비즈니스석으로
업그레이드 해주세요!

초판 1쇄 발행   2023년 04월 03일

글쓴이   황병권
펴낸이   김왕기
편집부   원선화, 김한솔
디자인   푸른영토 디자인실

펴낸곳   **(주)푸른영토**
　　　　　　주소　　　　경기도 고양시 일산동구 장항동 865 코오롱레이크폴리스1차 A동 908호
　　　　　　전화　　　　(대표)031-925-2327 팩스 | 031-925-2328
　　　　　　등록번호　　제2005-24호.(2005년 4월 15일)
　　　　　　홈페이지　　www.blueterritory.com
　　　　　　전자우편　　book@blueterritory.com

ISBN 979-11-92167-16-9　　03810
ⓒ 황병권, 2023